KB078232

마도신화전기

동은 퓨전 판타지 소설

FUSION FANTASTIC STORY

마도신화전기 9

동은 퓨전 판타지 소설

초판 1쇄 찍은 날 § 2015년 7월 10일
초판 1쇄 펴낸 날 § 2015년 7월 17일

지은이 § 동은
펴낸이 § 서경석

편집책임 § 이창진

펴낸곳 § 도서출판 청어람
등록번호 § 제387-1999-000006호
등록일자 § 1999. 5. 31
어람번호 § 제1-2172호

주소 § 경기도 부천시 원미구 부일로 483번길 40 서경B/D 3F (우) 420-822
전화 § 032-656-4452 팩스 § 032-656-4453
http://www.chungeoram.com
E-mail § chungeorambook@daum.net

ISBN 979-11-04-90311-3 04810
ISBN 979-11-04-90039-6 (세트)

마도신화전기

9

동은 퓨전 판타지 소설

FUSION FANTASTIC STORY

도서출판 청어람

마도신화전기

Myth of Magic power

CONTENTS

Chapter 1. 부서진 달로 가는 길

곤, 식신들, 용병들, 헬리온 백작, 드워프 칸툰과 엘프 시아도 입을 다물지 못했다. 눈앞에 보이는 막대한 금은보화, 너무도 엄청나서 자신의 볼을 꼬집어볼 정도였다.

"저, 저게 정말 다 금이야?"

사렌은 믿기지 않는다는 듯이 눈앞에 산더미처럼 쌓여 있는 황금을 보며 말했다. 말 그대로 산더미로 금과 은이 뒤섞여 작은 동산을 이루고 있었다. 그중에는 진귀한 보석도 적지 않게 섞여 있었다.

이 정도라면 왕국의 10년 치 전체 예산을 넘을지도 모른다. 그만큼 어마어마한 양의 금액이었다.

"도대체… 리치 킹은 얼마나 많은 재산을 쌓은 거지?"

헬리온 백작조차 놀란 마음을 진정시키지 못했다.

"우린 이제 부자야, 부자!"

용병들은 바닥에 깔린 금화를 허공으로 집어 던지며 흥분해서 외쳤다.

세상의 어떤 사람도 이토록 많은 금은보화를 본 적은 없을 것이다. 헬리온 백작이 가진 모든 마법 주머니로도 이곳에 있는 금은보화를 모두 담지 못한다. 최소한 수십 번은 왕복해야만 이곳에 있는 금과 보석들을 밖으로 가지고 나갈 수 있을 터였다.

최소 수십 번.

반면, 곤은 산더미처럼 쌓인 금에 대해서 신경 쓰지 않았다.

던전의 마지막 방.

세 개의 눈이 그려진 방이었다.

세 개의 눈이 그려진 방. 세 개의 눈을 가진 종족은 곤이 알기로 삼안족밖에 없었다.

곤은 안드리안을 바라봤다. 안드리안 역시 예상치 못한 상황에 당황하는 모습이다. 그녀는 어깨를 으쓱거린 후 '열어.

나 상관하지 말고' 라고 말했다.

곤은 고개를 끄덕였다. 그는 세 개의 눈을 가진 문을 열었다.

끼익.

날카로운 쇳소리가 지하 던전을 울렸다.

곤과 안드리안, 씽은 마지막 방문 안으로 섣불리 들어가지 못했다. 알 수 없는 기운이 마지막 방 안에서 흘러나오고 있었다.

"이상한 기운이 넘쳐 나는 방이군."

헬리온 백작이 곤의 옆으로 다가왔다.

곤은 고개를 끄덕였다. 그들은 열린 철문 앞에서 잠시 머뭇거렸다. 방이라고 보기에는 무척이나 컸다. 높이는 수십 미터에 달했고, 연무장 대여섯 개는 한꺼번에 들어갈 정도로 넓었다.

"함정은 없을 겁니다."

"이곳의 함정은 위험해. 확신을 할 수 없다면 들어가지 않는 편이 나을지도 몰라. 만에 하나 던전이 무너지는 함정이라도 걸려 있다면 이곳에 있는 누구도 살아 나가지 못해."

"확신합니다."

만약 이곳에 더 이상의 함정이 있었다면 카시어스가 분명 어떤 언질을 줬을 것이다. 하지만 그녀는 지옥사제 림몬이 마지막이라고 하였다.

그녀가 거짓말을 했다고는 생각하지 않았다.

길게 호흡을 고른 곤이 앞발을 내디뎠다.

삼안이 그려진 방 안에서는 아무런 일도 일어나지 않았다. 단지 기분이 묘할 뿐이다. 그가 방 안으로 들어가자 헬리온 백작과 씽, 안드리안, 용병들이 뒤를 쫓았다.

"와, 이건 도대체 뭐… 석상들이 금방이라도 움직일 것 같은데!"

게론이 탄성을 낮게 질렀다.

다른 용병들도 놀라기는 마찬가지였다. 아무리 예술적인 감각이 없다고 하더라도 방을 둥글게 둘러싼 열두 개의 커다란 조각상을 보고 탄성을 지르지 않을 수가 없었다.

조각상은 금방이라도 움직일 것처럼 생동감이 넘쳤다. 수백 년을 이곳에 서 있었음에도 먼지 하나 쌓여 있지 않았다.

"저것은 뭐지?"

안드리안은 방의 중심부로 다가갔다.

열두 개의 석상은 방의 중심부를 지키듯이 둥글게 둘러싸고 있었다. 석상 중심부는 제단과 비슷하게 생겼다. 푸른색을 내는 돌이 제단 주위에 박혀서 푸르스름한 빛을 냈다.

제단 모서리에는 삼각형 모양으로 뾰족한 금속이 박혀 있었다.

제단을 본 안드리안이 몸을 흠칫 떨었다. 그리고 그녀의 분위기가 확연하게 변했다. 그녀의 삼안이 떠진 것이다.

곤과 씽은 삼안과 안면이 있었다. 아주 가끔 나타나 술을 마시러 나간다는 그녀를 잡고 자리에 앉혀서 대신 술을 마셔 주기도 했다.

그래서인지 삼안은 곤과 씽에게 적대적이지 않았다. 더군다나 씽을 살려준 자가 삼안이지 않은가.

"오랜만이군."

곤이 말했다.

삼안은 살짝 고개를 끄덕일 뿐 대답은 하지 않았다. 그녀는 조심스럽게 제단을 살폈다. 한참을 살피던 삼안은 알 수 없는 문장이 적혀 있는 석판을 발견했다.

"그게 뭐지?"

"삼안족의 유물."

"삼안족의 유물?"

"그래, 그랬군."

삼안은 그제야 이해한다는 듯이 고개를 끄덕였다. 그런 그녀의 모습을 보며 다른 사람들은 답답함을 느꼈다.

"삼안족의 유물이라는 것이 뭐지?"

곤이 사람들을 대신해서 물었다.

석판을 모두 읽은 삼안은 사람들을 돌아보았다. 그녀는 묘한 표정을 짓고 있었다. 기쁜 것인지 슬픈 것인지 알 수가 없었다.

"찾았다."

"뭐가?"

"고향으로 돌아갈 방법을."

*   *   *

헤즐러 자작의 영지에 축제가 벌어졌다. 영지 사람들은 왜 축제가 벌어졌는지 모른다. 어느 날 갑자기 축제를 연다고 하니 사람들은 좋아할 뿐이었다.

헤즐러 자작은 몬스터의 습격과 어수선한 마을의 분위기 때문에 어지간해서는 술을 자제시켜 왔지만 축제일만큼은 술을 허용했다. 엄청난 양의 곡식과 음식이 풀렸다.

로즈의 가게도 이날은 사람들로 북적였다. 마을의 대소사를 관장하는 중앙 광장이 가게 근처에 있어 위치 덕을 보았다.

로즈와 그의 아버지는 아예 상당수 탁자를 밖에 내놓아 손님을 받았다. 탁자는 오전부터 사람들로 가득 찼다. 축제 비용은 모두 영주가 부담하기로 했다. 즉 마을에서 음식을 팔면 판값만큼 계산하여 영주에게 청구하면 값을 계산해 주는 방식이다.

음식점들이 작정하고 속이면 영주는 고스란히 돈을 내줘야 하는 문제가 있었다. 그럼에도 영주는 그 어떤 것도 축제일 하루만큼은 허락했다.

"어이, 주인장, 도대체 이곳에서 무슨 일이 있는 거요?"

머리는 감지 않아서 떡이 졌고 망토에는 먼지가 뽀얗게 앉아 있다. 옆구리에는 검을 비롯해 몇몇 무기를 차고 있다. 헤즐러 자작의 영지에서는 보기 힘든 여행자 무리였다.

그리고 보니 축제가 벌어지고 난 후 여행자 무리가 곧잘 보였다.

적게 잡아도 수십 명은 될 듯했다. 이렇게 많은 여행자가 한꺼번에 나타난 것은 로즈와 그의 아버지가 이곳에서 장사를 시작한 이후 처음 보는 일이었다.

"글쎄요. 이곳 영주님께서 워낙 특별하시니까요."

로즈는 여행자들 탁자 앞에 음식과 술을 놓으며 싱긋 웃었다.

여행자들은 그런 로즈를 보며 음흉하게 웃었다. 어떤 자는 자신의 아랫도리를 노골적으로 만지면서 '헤이, 예쁜이, 오늘 밤에 나랑 어때? 아주 끝내준다고' 라고 말하기도 했다.

로즈는 귀엽다. 약간의 주근깨가 눈 밑에 포인트로 있어서 더욱 귀여웠다. 단순히 귀엽게 보이는 것만이 아니었다. 가슴이 커서 가슴골이 옷 밖으로 튀어나왔다. 가죽 바지에 부츠를 신고 허리를 조이면 꽤나 색기가 도는 여자처럼도 보였다.

하여 추파를 던지는 남자가 많았다. 당연히 이런 자들을 수도 없이 겪어봤다. 다루는 법도 잘 알고 있다.

"다음에요. 오늘은 축제라서 바빠요. 이럴 때 돈을 끌어모아야 하거든요."

서빙을 마친 로즈는 부엌으로 들어갔다. 그의 아버지가 산더미처럼 요리 재료를 쌓아놓고 화롯가에서 음식을 만들고 있었다. 이렇게 많은 요리 재료는 처음 본다. 싱싱한 돼지고기와 소고기, 양고기도 있었다. 모두 씽이 직접 가지고 온 것이다.

사실 축제가 일어난 이유에 대해서는 로즈도 잘 알지 못했다. 그래도 씽 덕분에 다른 사람보다는 조금 더 정보를 가지고 있었다.

"씽, 이렇게 많은 음식은 뭐예요? 그리고 갑자기 축제라니요. 우리 영지는 가난해요. 축제를 열 만한 재력이 없다고요."

로즈가 씽에게 물었다.

"걱정 마. 이제 이곳에선 절대로 배곯는 일 따위는 없을 거야."

"그게 말이 돼요?"

"돼."

로즈는 팔짱을 끼고 의심스러운 눈초리로 씽을 바라봤다. 그녀는 씽에게 찰싹 달라붙어 무슨 일이 있었냐고 계속해서 물었다.

아직 그녀는 남자다운 남자를 만나보지 못했다. 아니, 아버지보다 강하지 않으면 시집을 가지 않겠다고 다짐을 했다. 그렇게 첫사랑 한번 만나지 못한 채 18세가 되었다.

그런 그녀가 가장 편한 남자를 꼽자면 아버지 다음으로 씽이었다.

가장 강한 남자를 꼽자면 씽 다음에 아버지였다.

지금은 씽과 아버지 중에서 누가 더 좋은지 가끔 헷갈리기도 했다.

그녀는 은연중에 시집을 간다면 씽에게라고 생각하기도 했다. 그런 생각이 들 때면 얼굴이 벌겋게 변해서 양손으로 뺨을 잡고 '몰라, 몰라' 라고 외치기도 했다.

물론 서로 간에 '썸' 이라는 것이 있을 뿐이지, 정식으로 사귀거나 고백을 한 사이는 아니었다.

그래서인지 씽은 조심스러웠다. 오히려 적극적으로 다가서는 사람은 로즈였다. 씽도 그런 그녀가 싫지 않았다. 그렇기에 던전에서 돌아오자마자 축제에 대해서 가장 먼저 알리기 위해 로즈에게 온 것이다.

"이번에 아주 큰일이 있었거든."

씽이 주위를 돌아보아 아무도 없는 것을 확인하고는 슬쩍 말을 해주었다.

"큰일? 요즘 영주님은 계시던데요, 곤 님과 기사님들이 한동안 안 보이시던데, 그 일과 관계가 있는 거죠? 듣기론 헬리온 백작과 기사들도 합류했다고 하던데."

로즈도 목소리를 낮췄다.

"역시 영지에서 하나밖에 없는 정보 길드네. 눈치가 빨라. 맞아, 이번 일은 형님과 헬리온 백작의 합작품이야."

"던전이라도 턴 거예요?"

씽은 놀랍다는 표정으로 로즈를 바라봤다.

로즈는 별것도 아닌 것 가지고 그런다는 표정을 지었다.

"그 정도 추측은 세 살 어린아이도 해요. 이런 척박한 영지에서 돈이 나올 곳은 딱 두 곳이에요. 던전 아니면 금광. 금광이나 은광이라면 곤 님의 성격상 혼자서 꿀꺽했겠죠. 하지만 헬리온 백작이 끼어들었다는 것은 그만큼 위험하다는 뜻. 그만큼 위험한 곳은 던전이겠죠. 아마도 던전에서 나오는 아이템은 헬리온 백작이 8할, 곤 님이 2할을 가지기로 했을 거 같은데요. 물론 상황에 따라서 어떻게 될지는 모르지만."

거의 90퍼센트는 맞혔다.

그녀의 눈썰미에 다시 한 번 씽은 놀랄 수밖에 없었다. 그나저나 그 정도도 맞추지 못하는 자신은 세 살 어린아이보다 지능이 낮은 것인가.

"뭐, 비슷해."

"호, 엄청난 이득을 얻었나 보네요. 이 정도로 장대한 축제를 여는 것을 보니. 도대체 어떤 던전을 개척한 거예요?"

"리치 킹."

"리… 뭐요?"

"리치 킹의 던전에 다녀왔다고."

"제, 제가 아는 그 리치 킹?"

"이 대륙에 리치 킹의 칭호를 달고 있는 또 다른 자가 있던가?"

씽이 되물었다.

"마, 말도 안 돼. 그 위험한 곳을……."

방긋방긋 웃던 로즈의 얼굴이 딱딱하게 굳었다. 그녀는 씽의 뺨을 이리저리 만졌다.

"어디 다친 데는 없어요?"

"다행히도. 운이 좋았어."

"음, 겉으로 보기에는 멀쩡하네. 도대체 얼마나 많은 아이템을 획득한 거예요?"

"재력만으로 보자면……."

"보자면?"

"3년 안에 아슬란 왕국에서 헬리온 백작 다음가는 거부가 될 거야."

"그, 그렇게나 많이?"

"대신 비호하는 세력이 없다면 4년 안에 모든 것을 뺏기고 헤즐러 자작은 죽어."

"곤이 그렇게 말씀했죠?"

"맞아. 잘 아네. 대신 재력에 버금가는 군사력과 비호 세력이 있다면……."

"있다면?"

"아슬란 왕국을 통째로 집어삼킬 수도 있다고 했어."

로즈는 놀라서 벌린 입을 다물지 못했다.

대륙을 쑥대밭으로 만들었던 리치 킹. 어느 날 갑자기 그가 사라지지 않았다면 광전사 폭스겐처럼 어마어마한 피해를 낳았을지도 모른다고 사람들을 입을 모았다.

대륙의 반을 멸망시킨 리치 킹의 유물은 세상 모든 사람들이 가지고 싶어 하는 전설의 아이템이기도 했다. 그런 아이템을 손에 넣었다는 것 자체가 믿을 수가 없었다.

하지만 곤이라면…….

불가능을 가능토록 만드는 그 남자라면…….

가능하지 않을까 싶었다.

"저는 어쩐지 무섭네요."

헤즐러 남작의 영지는 비록 척박하지만 사람들의 인심은 좋다. 몬스터의 습격 때문에 종종 사람이 죽어나가지만, 대신 의리가 있었다. 비열한 인간들이 득실거리는 여느 도시보다는 훨씬 인간다움이 넘치는 영지였다.

하지만 영지가 그토록 커진다면 이곳 사람들은 어떻게 될까. 아마도 외지에서 흘러들어 온 사람들로 인해서 이곳 사람들은 다른 곳으로 쫓겨날 가능성이 많았다.

"뭘 그렇게 멍하니 서 있어?"

타로만이 음식을 내놓으며 말했다. 그의 말에 정신이 퍼뜩 든 로즈였다.

"아버지는 영지가 발전하는 것이 좋아, 아니면 그냥 이렇게 살아가는 것이 좋아?"

"당연히 발전하는 것이 좋지."

"이곳 사람들이 쫓겨날지도 모르는데?"

"당연한 얘기를 하는구나. 약한 자는 도태되게 마련이야. 영지가 바뀌면 영지민도 바뀌는 것이 당연하지. 물론 영주님이나 곤이 도태된 자들을 버릴 것이라고는 생각하지 않지만. 도태된 자들에겐 나름 그들에게 맞는 일을 만들어주실 거야."

"아하!"

"갑자기 왜 그런 것은 묻는 거야?"

타로만은 뜬금없다는 표정으로 로즈를 바라봤다.

로즈는 입술을 귀엽게 내밀었다.

"그냥. 그나저나 이상하게 여행자들이 많네. 축제 말고 다른 일이 있나."

로즈는 창문 밖을 바라보며 지나치는 여행자들을 보았다.

"용병들을 뽑을 생각인가 봐, 우리의 곤은."

"용병? 왜?"

"글쎄다. 지금 이곳에서 본 여행자의 숫자만 백 명이 넘어. 영지 전체로 보면 훨씬 많겠지."

"곤은 왜 그토록 많은 용병을 모집하려는 것일까요? 스무 명도 넘는 기사 급의 용병과 백 명이 넘는 병사들이 있는데."

"어딘가와 전쟁이라도 하려는 모양이지."

"에이, 설마."

로즈는 말도 안 된다는 듯이 손사래를 쳤다.

"진담인데."

타로만은 표정을 굳히며 말했다.

"정말 진담?"

"응."

타로만의 말에 로즈도 불길한 기운을 느꼈다. 엄청난 부를 축적했다고 하더라도 꼭 좋은 일만 벌어질 것 같지는 않았다.

*　　　*　　　*

홀, 루크, 샘을 비롯한 병사들이 입을 다물지 못했다. 금은 보화가 사십 대가 넘는 4륜 마차에 가득 실려 왔기 때문이다. 마차를 보호하기 위해 헬리온 백작은 자그마치 300명이나 되는 정예병을 빌려주었다.

저택 안으로 들어오지 못한 마차가 줄줄이 서 있고, 헬리온 백작의 기사들과 병사들이 매의 눈을 빛내며 그것을 보호했다.

헬리온 백작의 영지에도 이곳과 비슷한 숫자의 많은 보물과 전설급 아이템이 가득 옮겨졌다. 그는 그것을 나누기 위해 정신이 없을 것이다.

그렇다고 혈맹 관계인 곤을 모른 척할 수는 없었다. 만약 마흔 대가 넘는 분량의 보물과 전설급 아이템이 이동한다는 소문이 누군가에게 퍼지면 목숨을 걸고서라도 그것을 탈취, 혹은 없애려는 무리가 나방처럼 달려들 것이다. 하여 헬리온 백작은 헤즐러 자작 영지에 남은 가장 신뢰할 수 있는 부루스 단장을 파견하였다.

자그마치 서른 명이나 되는 기사와 300명의 병사를.

물론 그 정도의 보물을 운반하기에는 턱없이 부족한 병력이다. 금화 하나가 천 년 가까이 됐다. 그 가치는 지금의 금화와는 비교도 할 수 없었다.

"마차 한 대의 값어치는 1년 치 왕국 운영비와 비슷할 걸세."

헬리온 백작이 말했다.

상상도 할 수 없는 어마어마한 금액.

수만 명의 병력도 너끈하게 키워낼 수 있는 자금이다. 아니, 수만 명의 병력을 키운 후 기사들이나 할 수 있는 최고급 무장을 시켜도 아무런 문제가 되지 않을 정도이다.

다행히도 소문은 퍼지지 않았는지 마차를 노리는 자는 없었다.

헬리온 백작을 상징하는 깃발을 내걸고 움직이는 기사와 병사들을 습격하는 간 큰 산적들이 없는 것은 어찌 보면 당연한 일이었다.

"안녕하셨습니까, 헤즐러 자작님?"

물건을 가지고 온 부루스가 넋이 반쯤 빠져 있는 헤즐러에게 예의 바르게 고개를 숙였다. 그 역시 자신의 주군과 헤즐러 자작이 혈맹 관계라는 것을 알았다. 정확하게 말하자면 곤이지만. 곤이 헤즐러 자작의 스승으로 남아 있는 이상 혈맹 관계는 깨지지 않을 것이다.

서로가 서로를 적으로 삼지 않는 이상은.

부루스는 헬리온 백작이 꽤나 곤을 마음에 들어 한다는 것을 대화에서 재빠르게 알아차렸다.

'그들이 비록 왕국에서 차지하는 비중은 극히 미비하지만 내가 장담하네. 그들은 조만간 왕국에서 수위를 다투는 거대 세력으로 클 것이야. 그리고 우리는 그들과 영원한 벗으로 남을 걸세.'

헬리온 백작의 말이다. 눈치가 빠르지 않은 부루스라고 하더라도 어떻게 행동해야 할지 알고 있었다.

"아, 네. 오시느라 수고 많으셨습니다."

헤즐러도 고개를 숙였다. 노기사 스톤과 에리크도 그제야 정신이 퍼뜩 들어 부루스 단장을 맞이했다.

"사부님 오셨습니까."

부루스와 평상적인 대화를 나눈 헤즐러는 곧바로 곤에게 가서 고개를 숙였다.

곤은 헤즐러를 향해 짧게 고개를 끄덕였다. 둘만 있었다면 머리를 헝클어주었을 테지만, 많은 사람이 지켜보는 앞에서 그럴 수는 없었다.

헤즐러는 한 영지의 영주, 아무리 어리다고 하더라도 그의 위신은 세워줘야 했다.

"이게 다 금화란 말인가?"

스톤이 곤에게 물었다.

"금화는 일부분, 그보다 진귀한 보석이 많지요."

"이, 이렇게나 많이……."

스톤과 에리크는 뛰는 심장을 주체하지 못했다. 산더미처럼 많은 금은보화라는 것이 정말로 있다는 것을 처음 알았다.

돈으로 환산하면 얼마나 될지 감도 잡히지 않았다.

영주가 돌아가셨을 때 리토스 자작이 야욕을 드러내던 것을 생각하면 암울하기만 하던 시절이었다. 그때의 기억이 거짓말처럼 느껴졌다.

스톤과 에리크가 곤의 손을 잡았다.

"고맙네. 정말 고마워."

"겉모습은 차갑고 성격은 지랄 맞고, 언뜻 보면 살인마 같지만 아니라는 것을 이제 알겠네. 정말 고마워."

"……."

곤은 대답하지 못했다.

어쩐지 굉장히 무례하게 들리는 것 같지만, 노기사들이 뚝뚝 흘리는 눈물을 보자니 차마 화를 낼 수가 없었다.

"일단 들어가서 얘기하시죠."

"아, 그렇지. 그래, 그간 고생이 심했을 텐데 들어가서 더운 음식이라도 먹자고."

노기사들은 곤과 용병들을 데리고 저택으로 들어갔다. 게론과 조장들은 밖에 남았다. 그들은 어마어마한 양의 보물과 전설급 아이템이 창고에 쌓이는 것을 끝까지 지켜야 했다.

병사들은 너무나 엄청난 보물을 보며 무섭기까지 했다.

* * *

"그런데 이분들은 누구?"

스톤이 곤에게 슬쩍 물었다.

곤의 옆에는 아름다운 여인과 엄청난 거구의 사내가 앉아 있었다. 둘 모두 처음 보는 얼굴이었다. 그렇기에 실례를 범하지 않기 위해 곤에게 물은 것이다.

"소개하죠. 이 두 사람은 카시어스와 데몬고르곤이라고 합니다. 이번 던전 탐험에서 우리를 도와준 사람들입니다."

"아!"

고개를 끄덕인 스톤과 그의 식솔들이 자리에서 일어나 카시어스와 데몬고르곤에서 고개를 숙였다.

카시어스와 데몬고르곤은 당연하다는 듯이 인사를 받았다. 무척이나 예의가 없는 행동이었지만, 사람들은 별말 하지 않았다.

이미 저런 행동은 곤에 의해서 몇 번이나 경험했다. 그가 데리고 왔으니 별반 다르지 않을 것이라는 생각이 무의식 저변에 깔려 있었다.

아리안과 바넬, 그리고 새롭게 고용된 여섯 명의 메이드가 식탁 위로 음식을 날랐다. 간만에 아리안과 바넬이 솜씨를 발휘했다.

"오, 간만에 집밥 먹으니까 살 것 같네."

"그러게. 역시 집밥이 최고야."

용병들은 허겁지겁 음식을 먹어치웠다. 얼마나 식성이 좋은지 음식이 나오는 속도보다 사라지는 속도가 더욱 빨랐다.

카시어스는 얌전하게 식사를 했다. 본래 언데드인 그녀는 식사를 할 필요가 없었다. 적당한 양의 피만 있으면 언제까지고 생명을 유지할 수가 있으니까.

하지만 사자마왕 데몬고르곤은 그러하지 않았다. 워낙 단련된 몸이기에 최소한의 음식으로도 삶을 유지할 수 있지만, 그는 800년 만에 처음으로 제대로 된 음식을 맛보게 되어 식탐을 숨기지 않았다.

"이, 이것은 천상의 맛이로다!"

팔의 두께만 여자의 몸통만 하다. 그 거대한 팔이 움직여 돼지 통구이를 한꺼번에 입으로 가져갔다.

우드드득, 우드드득!

뼈까지 통째로 씹어 먹는다. 단숨에 돼지 통구이를 먹어치운 데몬고르곤은 옆 탁자 위에 놓인 다른 통구이를 잡았다.

씽도 그것을 잡았다.

데몬고르곤과 씽의 눈빛이 마주쳤다.

"놔라, 애송이."

"그쪽이나 놓으시지, 늙은이."

데몬고르곤의 사자 눈썹이 슬쩍 위로 올라갔다. 이제껏 자신을 향해서 늙은이라고 부른 인간은 단 한 명도 없었다. 설사 있었다고 하더라도 살아남지 못했을 것이다.

그런데 눈앞의 이 은발의 애송이가 자신에게 늙은이라고 부른 것이다. 정확하게 말하자면 수인족이지만, 다른 사람들은 눈치를 채지 못하고 있으니 그 역시 입을 다물고 있었을 뿐이다.

"너 내가 누군지 알고 있잖아, 애송이. 다친다."

데몬고르곤은 돼지 통구이 다리를 강하게 쥐었다. 그의 손에서 마력이 나와 돼지 통구이 안으로 흘러들어 갔다. 보통 사람이라면 감전이 된 것처럼 놀라 손을 놓을 터.

하나 씽은 꼼짝도 하지 않았다.

오히려 씽도 마력을 돼지 통구이 안으로 밀어 넣었다.

"호오."

데몬고르곤이 입술을 뒤틀었다. 이렇게 저돌적으로 도전해 오는 상대는 800년 만에 처음이다. 대부분의 상대는 그의 이름만 듣고도 꼬리를 말고 도망쳤다.

간혹 덤비는 놈들도 있었다. 우습게도 그들은 진심으로 데몬고르곤과 싸우려는 것이 아니었다. 단순한 영웅 놀이. 자신이 영웅이 되어 동료들을 살려줬다고 뻐기고 싶었던 것이다.

최소한 시간을 벌어 자신들은 도망을 칠 수 있다고 여긴 자들.

영웅 놀이를 하던 자들은 단 한 명도 남기지 않고 분자 단위로 해체해 줬다.

마지막으로 그에게 덤빈 자는 성기사 아돌이라는 자였다. 성기사, 신의 힘을 빌려서 그것을 전투의 동력으로 바꾸는 자들.

데몬고르곤은 그런 성기사들을 얕잡아봤다. 대부분의 성기사들은 전투에서 몰리면 '신이 우리와 함께한다. 신이 우리를 지켜줄 것이다. 신은 우리를 지켜보신다'라는 말 따위를 지껄였다.

본래 전투란 99퍼센트의 능력과 1퍼센트의 운이 작용한다.

하지만 데몬고르곤이 보기에 성기사들은 99퍼센트의 운과 1퍼센트의 능력만 가지고 전투에 나서는 것 같았다.

그가 겪은 대부분의 성기사들이 그러했다.

그래서 데몬고르곤은 당연히 성기사 아돌을 얕봤다. 단 한 수면 갈기갈기 찢겨서 죽을 것이라고 여겼다.

그런데 웬걸.

쫓긴 자는 데몬고르곤이었다.

놈의 신성력은 데몬고르곤의 상상을 훨씬 뛰어넘었다. 놈이 불러낸 999마리의 천사 군단은 데몬고르곤으로서도 도저히 막을 수가 없었다.

데몬고르곤은 딱 두 번 패했다. 한 번은 처음 검을 잡았을 때 사부에게, 두 번째는 바로 성기사 아돌에게.

그만큼 성기사 아돌은 강했다. 훗날 알게 된 것이지만 성기사 아돌은 의문의 12영웅 중 한 명이었다고 한다.

다시 한 번 만나보고 싶지만, 인간인 그로서는 세월을 견디지 못하고 땅속에 파묻혔을 것이다.

어쨌든 성기사 아돌 이후에 저런 멋진 눈동자를 가진 자는 처음이었다.

데몬고르곤은 썽을 천천히 살폈다.

상식을 초월한 마나가 그의 단전에 넘실거리고 있었다. 툭 까놓고 말하자면 천 년 가까이 살아온 자신과 비슷할 정도의 양이었다.

데몬고르곤은 피식 웃었다.

"애송이, 이제껏 누구한테 져 본 적이 없지?"

"그래서, 늙은이?"

"역시 너는 진심으로 싸우면 네 주인보다 강하다고 생각하고 있겠지?"

"그런 적은 없는데?"

"너의 생각은 그러해도 심장은 그렇지 않을걸."

"말이 되는 소리를 해, 늙은이. 오래 살았다고 더 이상 봐주지 않아."

"그래? 그럼 해봐."

데몬고르곤은 싱긋 웃으며 돼지 통구이에 마력을 더욱 불어넣었다.

씽도 마찬가지였다.

서로의 마력이 돼지 통구이에서 충돌했다.

그 순간,

퍼퍼펑!

두 강력한 힘을 견디지 못하고 돼지 통구이가 산산조각이 나서 흩어졌다.

데몬고르곤과 씽의 근처에 있던 사람들은 돼지 통구이의 기름을 뒤집어쓰고 말았다.

용병들, 그들은 씽과 희대의 마왕인 데몬고르곤에게 따지지 못했다. 눈치를 보며 몸에 묻은 기름을 손바닥으로 털어낼 수밖에 없었다.

하지만 카시어스는 아니었다. 그녀는 벌떡 일어나 데몬고르곤에 소리쳤다.

"이 염병할 사자머리가 뭐하는 짓이야? 내 옷이 기름으로 범벅이 됐잖아."

"그거 미안하군."

"미안해? 너도 당해봐!"

그녀는 자신의 옷에 묻은 기름을 손바닥에 묻힌 후 데몬고르곤에 얼굴에 비볐다.

"이런 미친 언데드가!"

"누가 누구한테 언데드래. 너도 그렇게 오래 살아왔으면 언데드나 마찬가지지."

언데드라는 말에 헤즐러와 노기사, 식솔들의 얼굴이 하얗게 질리고 말았다.

언데드란 무엇인가. 대륙의 모든 왕국을 망라해 최우선 척결 대상이 바로 언데드였다. 구울 한 마리만 나타나도 전멸이 되는 마을이 부지기수였다.

그런 언데드가, 구울과는 비교도 할 수 없는 지능을 가진 언데드가 눈앞에 있다.

"저, 저기, 사부님."

헤즐러가 곤을 불렀다.

곤은 소년을 바라봤다.

"카시어스란 분이 언데드가 맞나요?"

헤즐러는 조심스럽게 물었다. 만약 정말로 언데드가 맞는다면 영지는 다른 귀족들의 표적이 될 수도 있었다.

"맞는다더군. 진뱀파이어라고 했던가. 과거 흡혈왕이라고 불렸다지, 아마."

곤은 대수롭지 않게 대답했다.

"지, 진뱀파이어!"

집사 텐디, 스톤과 에리크, 안토니오와 리소스는 입을 다물지 못했다.

"왜요? 진뱀파이어가 그렇게 무서운 존재예요?"

아리안이 스톤에게 귀엣말로 물었다.

"다, 당연하지. 진뱀파이어는 뱀파이어들의 시조에 해당돼. 뱀파이어의 치명적인 약점인 태양과 은, 마늘, 십자가 그 어떤 것도 통하지 않아. 어둠의 귀족 중의 귀족. 진뱀파이어 한 명이 나타난 것만으로도 작은 왕국은 순식간에 침몰할지도 몰라."

"그, 그렇게나 무서운 존재예요, 저 여자가?"

아리안은 카시어스를 가리켰다. 그녀와 거구의 사자마왕 데몬고르곤이 뒤엉켜 서로의 얼굴에 기름을 묻히려고 애를 쓰고 있었다. 그 틈에 낀 씽도 발끈하여 그들에게 마구 고깃기름을 던졌다.

"그, 글쎄. 무서운 존재는 맞는데, 그렇게 무섭게 보이지는 않네."

"큭큭큭큭."

그런 그들을 보며 곤은 낮게 웃음을 터뜨렸다. 시끌벅적하다. 마치 축제라도 벌어진 것처럼.

곤은 오래간만에 웃음을 보였다.

*   *   *

캄렌은 속에 품고 있던 스태프를 꺼냈다. 스태프의 크기는 완드보다 조금 길었다. 하지만 다른 스태프에 비해서는 길다고 할 수가 없었다.

스태프는 체력이 약한 마법사들의 접근전 능력을 높여주는 역할도 한다. 그러나 그가 들고 있는 스태프는 도저히 접근전에 사용할 수 없었다.

스태프의 모양이 특이했다.

길이는 50센티 정도 되었고, 특이한 물질로 만들어졌다. 스태프의 어디를 잡든지 손잡이가 된 것처럼 손바닥에 착 달라붙었다.

그것은 전설의 금속이라고 불리는 오리하르콘. 물론 100그램만 하더라도 수억 골드를 호가를 한다고 하니 스태프 전체를 오리하르콘으로 만들지는 못했을 것이다.

하나 오리하르콘이 섞인 것만은 분명했다.

스태프 끝자락에는 정교하게 새겨진 독수리가 허공에 둥둥 떠 있었다.

"전설급 아이템 이글 포스라……."

이글 포스는 지금은 멸망해 버린 마도문명의 유산 중 하나였다.

이글 포스가 가진 능력은 상상을 초월했다. 먼저 사용자의 서클을 두 배까지 올릴 수가 있었다. 즉 2서클의 사용자라면 4서클의 마법을 사용할 수가 있고, 7서클의 마법사라면 궁극의 마법이라는 9서클의 마법을 사용할 수가 있는 것이다.

대륙의 모든 마법사가 가지고 싶어 하는 첫 번째 아이템이 이글 포스라고 해도 과언이 아니었다.

그것뿐만이 아니었다. 이글 포스를 잡고 있으면 자동적으로 마나가 채워진다. 채워지는 정도가 아니라 조금씩 단전을 넓힐 수가 있었다.

스태프를 손에 잡고만 있어도 마나의 양이 저절로 불어나는 것이다.

말 그대로 전설급 아이템이 아닐 수가 없었다. 이 대단한 아이템을 곤은 아무렇지도 않게 캄렌에게 툭 던졌다.

"이건 기사들에게 필요 없는 거지."

"이, 이렇게 귀한 것을 왜 저에게……."

"너에게 필요할 것 같아서."

"다른 마법사들도 많을 텐데……."

"용기를 가져. 너도 그 위험한 리치 킹의 던전에 동행했잖아. 우리는 동료야. 그리고 너는 영지를 생각하는 마음이 애틋하지. 강해지라고. 강해지면 영지를 지킬 수 있잖아."

곤은 대수롭지 않게 말했다.

캄렌은 이글 포스를 꽉 쥐었다. 갑자기 마나의 저수지가 열리며 단전으로 마나가 밀려들어 왔다. 그의 단전에 모인 양보다 훨씬 많았다.

이 상태라면 며칠만 지나면 4서클이 아니라 5서클의 마법도 사용할 수 있을 듯했다.

그는 스태프를 쥔 채 방문을 열었다. 창문 밖에는 부서진 달이 밝게 비치고 있었다.

"이제 할 수밖에 없는 건가. 할 수밖에. 운명의 신이 그렇게 이끈다면……."

Chapter 2. 기사 선발전

헤즐러 자작 영지의 축제날.

척박하고, 몬스터의 침입이 잦고, 항상 곳곳에 위험이 도사리고 있어 인구수의 증가가 거의 없는 영지이기에 축제를 연다는 것은 항상 다른 영지의 일이었다.

한데 축제라니.

과거 영지가 몰락하기 전이라면 풍년이 든 해에 종종 있는 일이었지만, 지난 10년간 한 번도 축제가 열린 적이 없었다.

더군다나 모든 축제 비용을 영지민이 아닌 영주가 낸다.

파격적인 일이 아닐 수 없었다. 어떤 영지도 영지민을 위해서 지갑을 여는 영주는 없었다.

단 한 명도.

영지민에게 절대적인 지지를 받는 헬리온 백작조차 사비를 털어 축제를 전액 부담한 적은 없었다. 물론 헬리온 백작의 영지와 헤즐러 자작의 영지 규모는 코끼리와 개미만큼이나 차이가 크지만.

들리는 소문으로는 헬리온 백작도 상당한 양의 재물을 풀어 영지민에게 나눠 주었다고 한다.

난세.

세상이 복잡하고 끊임없이 전쟁이 일어나는 지금과 같은 대륙의 현실에서 영지민에게 재물을 베푸는 영주는 극히 보기 어려웠다.

축제는 마을 중앙 광장에서 열렸다. 예전부터 영지의 대소사가 있는 날이면 사람들은 중앙 광장에 모여 의견을 나눴다. 켈리온 남작이 죽고 영지의 분위기가 침체하여 광장에 모이는 일이 뜸해졌지만, 리토스 자작과의 영지전을 계기로 다시금 마을 광장은 활성화되었다.

겨우 서너 개의 상점이 있었지만 지금은 열 개까지 늘어난 상태였다. 음식점도 생기고, 대장간도 생겼다. 여행자의 수가 부쩍 늘어 여관도 두 개나 늘었다. 사람들의 얼굴에서는 생기가 돌았다.

마을에 활력이 돌아온 것이다.

"도대체 몇 명이나 이번 선발전에 지원했대?"

"글쎄. 한 백 명은 되는 것 같은데."

"백 명이나?"

마을 중앙 광장에 모인 사람들은 삼삼오오 모여 두런두런 얘기를 나눴다. 광장 중심에는 기사 선발전을 치를 연무장도 만들어졌다. 리토스 자작과의 영지전처럼 높은 연무장은 아니었다. 누구나 쉽게 볼 수 있도록 평평한 바닥에 선을 그은 정도였다.

목책에서 경비를 서는 인원을 빼고는 마을 사람 대부분이 모였다고 해도 과언이 아니었다.

오전부터 술을 마시는 사람도 몇몇 있었지만 대부분이 축제를 즐겼다. 특히 아이들이 무척이나 좋아했다. 아이들은 음유시인들이 부르는 노래에 홀딱 빠졌다. 소년 소녀들이 모여서 혼이 빠진 듯이 그들의 노래를 바라봤다.

노을이 질 무렵, 축제의 분위기가 가장 뜨거워졌을 때 드디어 모두가 기다리던 축제의 클라이맥스인 기사 선발전이 시작되었다.

여행자는 용병과는 조금 다르다. 용병이 자신의 목숨을 돈으로 바꿔 전쟁을 대신 치르는 존재라면, 여행자는 자신의 꿈을 찾아 헤매는 자가 많았다. 강함, 보물, 던전, 발견되지 않는 새로운 식물, 새로운 문명, 새로운 종족 등을 찾아다닌다.

하여 정착하는 자가 드물었다.

하지만 기사 선발전에 나서는 상당수가 여행자들이었다.

그들이 이런 험한 영지까지 와서 기사 선발전에 나서는 이유는 여러 가지 이득이 있어서였다.

우선 기사단 창단 멤버라는 것. 기사단의 창단 멤버라면 평기사로 남을 확률은 극히 드물었다. 많은 리스크가 따르지만 오래 버티기만 하면 귀족의 작위를 받을 수도 있었고, 그에 준하는 기사단장의 위치에까지 오를 수도 있었다.

둘째로는 금전적인 문제이다.

기사단이 창단되면 처음에는 그리 많은 봉급을 받지 못한다. 하지만 영지가 발전하는 속도에 따라 월급도 천양지차로 바뀐다. 기존의 기사단과는 상당히 차별화가 된다. 당연히 대우도 달랐다.

마지막으로 곤과 그를 따르는 흉포의 용병단에 따른 소문이었다.

그들은 압도적으로 불리한 리토스 자작과의 영지전에서 대반전을 이뤄냈다. 그뿐만이 아니었다. 리토스 자작의 모든 것을 초토화시켜 버렸다. 하여 리토스 자작의 영지는 헤즐러 자작에게 흡수되었다.

그런 참혹한 일을 벌인 이는 곤이라는 사내.

곤은 악마의 자식이라는 말도 있었고, 악마 본인이라는 말도 있었다.

여행자들은 곤이라는 사내가 무척이나 궁금했다. 호기심이 강한 여행자들은 자석에 이끌리듯 상당한 숫자가 이번 기사 선발전에 지원했다.

물론 여의치 않으면 그만두면 된다는 생각을 가지고도 있었다.

그 숫자는 무려 백 명에 달했다. 떠돌이 용병까지 합하면 이백 명이나 되는 숫자였다. 영지를 지키는 병사보다 많았다.

그렇게 많은 여행자와 용병들이 기사 선발전에 자원했다는 소리를 듣고 두 노기사가 뛸 듯이 기뻐했다는 후문이 있었다.

거구의 검사 파르티, 궁사 숀, 4서클 마법사 베리, 무투사 마일드, 프리스트 도날드는 다섯 명으로 이뤄진 여행자 파티였다.

그들은 아슬란 왕국에서도 꽤나 이름이 알려진 트레저 헌터였다. 지금껏 그들이 발견한 던전만 하더라도 일곱 개나 된다. 평범한 던전 네 개, 고대 던전 두 개, 다크 메이지의 던전 하나.

트레저 헌터들의 꿈은 던전 발견이다. 일반 던전 하나만 발견해도 막대한 돈을 벌 수가 있었다. 던전을 발견하고 아예 미개봉한 상태로 고위 귀족에게 팔아도 일반인은 평생 쓸 돈을 받을 수가 있었다.

그런 던전을 발굴한 것만 일곱 개.

고뇌하는 여행자라고 불리는 그들은 이미 부자였다. 다른 여행자들과는 차원이 다른 S급에 랭크된 자들이었다. 그런 그들이 일개 기사 선발전에 나선 이유는 단 하나였다.

─헬리온 백작과 헤즐러 자작이 손을 잡고 리치 킹의 유물을 발굴했다.

소문 때문이었다.

이미 일반 귀족을 능가하는 돈을 번 그들이 트레저 헌터를 그만두지 못하는 이유는 바로 리치 킹의 유물 때문이었다. 난이도 SS급. 전설상에만 존재하는 리치 킹의 유물을 발견하는 것이 그들의 궁극적인 목표인 것이다.

하지만 그들은 도저히 믿을 수가 없었다. 고뇌하는 여행자들, 개개인의 무력은 일반 기사를 훨씬 능가한다. 중앙대륙 곳곳을 여행하면서 가보지 않은 곳이 없었다.

그런데 뜬금없이 헤즐러라는 꼬마 영주가 리치 킹의 던전을 발굴했다니.

참을 수 없는 모욕감을 느꼈다. 하여 그들은 직접 두 눈으로 확인하기 위해서 기사 선발전에 나선 것이다. 기사가 된 다음, 영지를 살펴 정말로 리치 킹의 유물을 발견했는지 확인하기 위해서.

"이런 허접한 기사 선발전 따위, 식은 죽 먹기지."

거구의 검사 파르티가 팔짱을 낀 채 말했다.

"고롬고롬. 우리한테 돈을 싸들고 와서 제발 기사가 돼달라고 할 판에. 헤즐러인지 해밀러인지 우리를 보면 기절초풍할 거야."

궁사 숀이 고개를 끄덕였다.

그들이 보기에 기사 선발전은 아무것도 아니었다. 혹시나 하고 주위를 둘러봤지만, 자신들을 넘어서는 여행자나 용병은 보이지 않았다.

기사가 아니라 기사단장을 맡을 수 있다고 그들은 자부했다.

잠시 후, 헤즐러 자작과 곤 일행이 나와 연무장 근처에 착석했다. 집사 텐디가 연무장에 올랐다.

"오래 기다리셨습니다, 여러분. 지금부터 기사 선발전을 시작하겠습니다."

"와아아아아아!"

텐디의 말에 군중들의 함성이 우렁차게 울렸다.

"시험은 네 가지로 진행됩니다. 검술, 궁술, 마법, 맨손격투입니다. 일대일로 싸우는 것은 아닙니다. 저분들에게 인정만 받으면 됩니다."

텐디는 헤즐러 자작 옆에 앉아 있는 사람들을 가리켰다.

"우선 검술을 담당해 주실 안드리안 님."

"와아아아아! 안드리안! 안드리안! 안드리안!"

관중들은 열광했다.

안드리안은 꽤나 인기가 많았다. 보통의 여성들보다 신장이 크지만 워낙 독특한 외모를 가지고 있었기 때문이다. 화염처럼 타오르는 붉은 머리를 보게 되면 그녀의 인상을 다시는 잊기가 어려웠다.

묘한 매력을 가지고 있는 그녀는 남자보다 여자들에게 더욱 인기가 많았다.

"궁술을 담당해 주실 곤 님!"

"와아아아아!"

이번에도 관중들은 열광했다. 씽만큼은 아니지만 그도 인기가 많은 편이었다. 물론 여자보다는 남자들에게. 남자들은 그의 마초적인 성격을 닮고 싶어 했다.

"마법을 담당해 주실 카시어스 님!"

"우아아아아아! 엄청난 미녀다!"

남성들의 환호가 극에 달했다. 잘빠진 몸매, 갸름한 턱선,

날카로운 두 눈, 탄탄한 가슴은 같은 여성이 보더라도 부러울 정도였다.

안드리안처럼 화려하면서도 둘은 묘하게 달랐다.

"맨손격투를 담당해 주실 데몬고르곤 님."

"우아아아아! 끝내준다! 저런 거구가 우리 영지에 있었던가!"

안드리안과 곤은 관중들도 본 적이 있었다. 하지만 카시어스와 데몬고르곤은 모두가 처음 보았다. 그들의 강렬한 외모는 한 번 보면 다시는 잊지 못할 정도였다.

"쳇, 시끄럽군."

무투사 마일드가 입술을 삐죽거렸다.

"이길 수 있겠어?

파르티가 물었다. 심사관으로 나온 자들이 만만치 않게 보였다.

"당연하지. 이곳에서 우리를 이길 수 있는 사람은 없다고."

"방심하지 말란 소리야. 방심이 우리의 최대 적이다."

"걱정하지 말라고. 숀 너도 방심하지 마. 소문의 주인공인 곤이 궁술을 담당한다고 했으니까."

마일드는 고개를 돌려 숀에게 말했다. 숀은 어이가 없다는 듯이 어깨를 으쓱거렸다.

"내가 누구야?"

"백발백중의 명사수 손이지."

"맞아. 백발백중의 명사수야. 저런 애송이 따위는 나에게 이름도 내놓지 못한다고."

"킄킄킄. 그렇지. 감히 누가 우리와 겨뤄. 아마 이름만 들어도 모두 오줌을 질질 쌀걸."

고뇌하는 여행자의 파티원들은 낄낄대며 웃었다.

"자, 선발전을 행하기에 앞서 흥을 띄우기 위해 데몬고르곤 님과 씽 님의 대련이 있겠습니다. 모두 즐겁게 봐주시길 바랍니다."

집사 텐디에 말에 거구의 데몬고르곤과 은발의 미남인 씽이 연무장으로 올랐다.

*   *   *

경천동지(驚天動地)란 이럴 때 쓰는 말이었다.

기사 선발전을 보기 위한 여행자들과 용병들은 데몬고르곤과 씽의 무위에 완전히 압도당한 채 얼어붙었다.

관중들의 함성은 더더욱 커져만 갔다.

연무장 주변에서 헤즐러 자작을 경호하던 홀과 병사들은 얼어붙은 여행자들과 용병들을 보며 왠지 모를 통쾌함을 느끼고 있었다.

저들은 처음부터 거만했다. 기사 선발전에 등록하러 온 주제에 자신들이 적선을 해주는 것처럼 굴었다.

화가 났지만 홀은 참았다. 묵묵히 자신이 해야 할 일을 했다.

영지를 위해서라면, 가족과 영주를 위해서라면 무엇이든 할 준비가 되어 있었다.

그렇기에 참았다.

하지만 저들에 대해서 좋은 감정이 있는 것은 아니었다. 그래서 저들이 저런 모습을 보이니 묵었던 체증이 쑥 내려가는 듯했다.

"데몬고르곤 님에 대해서는 잘 모르지만 씽 님에 대해서는 잘 알지. 어중간한 기사 따위는 씽 님의 손톱 하나에 아작이 나고 말아. 그런데 정식으로 등록도 되지 못한 여행자 따위가 우리 영지를 무시해? 씽 님보다 훨씬 무서운 곤 님도 계시는데."

홀은 입술을 비틀며 말했다.

"그렇게 말일세. 우리 영지의 기사님들이 얼마나 무서운지 모르는 하룻강아지들이지. 저들이 몇 명이나 기사 선발전에 합격할 것 같은가?"

고개를 끄덕인 루크가 홀에게 물었다.

"자네는 어떨 것 같은가? 몇 명이나 합격하는지 내기를 할까?"

"음, 나는 전원 불합격한다에 20실버를 걸지."

"전원 불합격이라……. 그건 너무 매정하구만. 곤 님이 괜한 돈을 들여서 이런 이벤트를 벌일 리가 없잖은가. 최소한 열 명은 합격할 걸세."

"열 명이라……. 하긴, 기사로 합격을 한다고 하더라도, 큭큭, 씽 님만 있는 것이 아니지."

"그렇지."

병사들은 알 수 없는 웃음을 지었다. 그들의 머릿속에 살벌한 용병들과 그보다 더욱 살벌한 세 명의 식신이 떠올랐다. 용병들은 그나마 인간미가 남아 있지만 세 명의 식신은 인간미라고는 전혀 남아 있지 않았다. 그들이 훈련 교관이 된다면 그날은 죽었다고 복창하면 된다.

기사 선발전에 합격을 한다고 하더라도 결코 그들의 미래는 밝지 않았다. 쌤통이었다.

"자자, 그만 떠들고 데몬고르곤 님과 씽 님의 대련에나 집중하세. 정말 대단하구만."

홀의 말에 고개를 끄덕인 병사들이 연무장으로 고개를 돌렸다.

"헉헉헉헉!"

씽은 거친 숨을 몰아쉬었다. 그의 열 개의 손톱 중에 다섯 개가 부러졌다. 손톱은 부러져도 자란다. 하지만 손톱이 부러지는 것은 씽의 자존심에 상처를 입혔다. 어떤 명검보다도 강력한 경도를 자랑하는 손톱이 다섯 개나 부러졌다.

씽은 용납할 수가 없었다.

어지간해서는 분노하지 않는 씽의 눈빛에 살기가 어렸다.

"고놈 참 당돌하군. 하긴, 네놈이 살아온 인생의 길이에 비한다면 충분히 실력을 자랑할 만하다. 하지만 애송아, 하늘 위에는 또 다른 하늘이 있는 법이란다. 아직 강해졌다고 자랑하기에는 멀었다."

데몬고르곤은 양손을 늘어뜨린 채 말했다. 그의 양손은 불덩이를 쥔 것처럼 붉게 변해 있었다. 그것은 그가 전투 형태로 씽과의 대결에 임하고 있다는 것을 보여는 것이었다.

그가 전투 형태로 변하게 했다는 것 자체만으로도 씽은 충분히 칭찬받아 마땅했다.

과거 그와 상대한 자들은 그가 입고 있는 전설급 아머인 '화룡의 손톱'은 물론이고 그의 투기조차 뚫지 못했다.

한마디로 전투 형태로 변하지 않은 데몬고르곤에게 말살당한 것이다.

무투가로서는 정점에 선 자가 바로 데몬고르곤. 그것도 1천 년 전의 일이다. 더군다나 그는 리치 킹의 유물을 지키면서도 수련을 게을리하지 않았다.

얼마나 강한지 자신도 알지 못한다.

그런 그를 씽이 당할 수 없는 것은 어찌 보면 당연했다. 아무리 천재적인 재능과 신이 내린 육체를 가지고 있다고 하더라도 시간을 거스를 수 없는 이상.

"쓰러뜨려 주겠다, 노인네."

챙!

씽은 남은 손톱에 마력을 불어넣었다. 손톱이 코팅이 된 것처럼 반짝이며 빛을 냈다.

"해보시지, 애송이."

씽과 데몬고르곤이 맞붙었다. 둘의 모습이 군중들의 시야에서 사라졌다.

그들의 모습을 놓친 것은 영지민뿐만이 아니었다. 자신만만하게 기사 선발전에 등록한 여행자들과 용병들도 그들을 놓쳤다.

"어, 어디?"

사람들은 고개를 좌우로 돌렸다. 연무장 어디에서도 그들의 모습은 보이지 않았다.

"하, 하늘이다!"

누군가 하늘을 가리켰다. 그가 가리킨 곳에서 씽과 데몬고르곤이 주먹을 교환하고 있었다. 하지만 얼마나 빨리 주먹이

오고 가는지 그들의 공방을 확인할 수 있는 사람은 없었다.

"놀랍군."

곤은 진심으로 감탄했다.

그는 씽의 또 다른 면을 보았다. 이제까지 어리게만 여기던 씽이다. 비록 그가 하렘의 심장을 이식받아 엄청난 마나를 얻기는 했어도 아직까지 씽은 곤에게 어린 동생과 마찬가지였다.

그러나 그것은 편견.

곤은 씽의 전력을 두 눈으로 확인할 수가 있었다. 육체적인 능력만 따진다면 씽은 이미 곤을 월등히 능가했다. 불사에 가까워지고 있는 식신들이 모두 덤벼도 씽에게는 이기지 못할 것이다.

그만큼 씽은 강했다.

그럼 씽의 전력을 받아낼 수 있는 데몬고르곤은 도대체 얼마나 강하다는 말인가.

씽과 데몬고르곤이 하늘로 치솟은 이유. 그것은 둘의 투기가 엉겨 붙어 하늘로 치솟았기 때문이다. 투기만으로 육신을 수십 미터 상공까지 치솟게 만들 수 있는 자들이 과연 얼마나 될까.

곤은 옆에서 재미난 구경거리를 보는 것처럼 주전부리를 먹고 있는 카시어스를 보았다.

카시어스의 눈과 곤의 눈이 마주쳤다.

"뭐야? 표정이 왜 그래?"

카시어스가 곤에게 물었다.

"뭘?"

"리치 킹의 사천왕이라면서 너는 왜 이렇게 약한 거냐는 표정이잖아."

곤은 피식 웃었다.

"잘 아네."

"다시 말하지만 너와 나는 상성이 안 맞아. 그리고 내가 너무 방심했어. 설마 인간의 심장을 먹는 샤먼일 줄이야."

"아니거든."

곤이 미간을 좁혔다.

"그런데 곤."

"왜?"

"너는 보통의 기사들보다 훨씬 강해. 사람들은 네가 샤먼이라는 것을 짐작도 하지 못할 거야. 더군다나 네가 사용하는 강시. 아, 그때 생각하면 살 떨린다. 강시가 너를 보좌한다면 제아무리 데몬고르곤도 상대가 되지 않을 거야. 그래서 묻는 말인데."

"얘기해."

"설마 정말로 궁술까지 하는 것은 아니겠지? 그건 너무 사기 캐릭터잖아. 한 가지도 잘하기가 어려운데 세 개나 잘하다니. 그건 일반인들에게 능력이 없으면 차라리 접시에 코 박고 죽으라는 말과 같다고."

곤과 카시어스의 대화에 안드리안이 끼어들었다.

"나는 처음에 곤이 궁사인 줄 알았어요. 어찌나 활을 잘 쏘는지."

"정말?"

놀란 카시어스가 안드리안에게 물었다.

"정말이죠. 그때 생각했죠. 괴물과 자신을 저울질하면 절망밖에 못 느낀다고. 괴물은 인간과 동일 선상에 놓고 생각하면 안 돼요."

카시어스는 곤을 물끄러미 바라보았다. 겉으로 보기에는 무척이나 평범한데. 하긴 외모가 다는 아니지. 그녀는 어깨를 으쓱거렸다. 자신도 보기보다 훨씬, 훠어얼씬 강하니까.

"그나저나 데몬고르곤과 네 동생 중에서 누가 이길 것 같아?"

"당연한 것을 묻는군."

"그러니까 누구?"

"이번 패배는 씽에게 좋은 약이 될 거야."

확정적인 답이다.

곤의 말대로 데몬고르곤과 씽의 대결은 끝을 보이고 있었다.

천둥이 치는 것처럼 허공이 번쩍거린 것이 수십 차례.

쿠쿠쿠쿵!

섬광이 번쩍인다.

군중들은 자신도 모르게 눈을 감았다. 그들이 눈을 떴을 때는 모든 것이 끝난 후였다.

서 있는 자는 데몬고르곤.

한쪽 무릎을 꿇은 채 데몬고르곤을 노려보는 사람은 씽이었다.

"쿨럭쿨럭!"

씽은 심하게 기침을 한 후 입안으로 밀려오는 검은 피를 울컥 내뱉었다. 바닥에 시커멓게 죽은피가 깔렸다. 그는 가슴을 만져 봤다. 시퍼렇게 멍이 들어 있다.

'언제?'

세 개의 손톱이 부러지며 가슴에 상처를 입었다. 은연중에 그의 육체를 보호하는 마력은 소용이 없었다. 데몬고르곤의 정권은 손톱과 마력의 가드를 모조리 깨부수고 심장에 와 닿았다.

문제는 그의 주먹이 어떤 식으로 어떻게 자신의 가슴에 닿았는지 보지 못했다는 것이다.

인간을 초월한, 야수만이 가질 수 있는 씽의 동체 시력을 월등히 능가한 속도였다.

변명의 여지가 없었다.

이것은 실력의 차이.

그것뿐이었다.

"애송이, 강해지고 싶나? 그럼 정중하게 고개 숙이고 찾아와. 최강의 무투가로 만들어주지."

데몬고르곤은 장발을 날리며 연무장에서 내려갔다.

"와아아아아! 대단하다! 역시 영주님이 자랑하는 기사님들!"

군중들의 열기는 한껏 치솟았다.

그들의 열기에 마음껏 취할 수 없는 자들은 여행자들과 용병들뿐이었다. 그들의 얼굴이 하얗게 변했다. 서로가 눈치를 살피며 자신들이 과연 기사 선발전에 응시한 것이 잘한 일인지 고민했다.

고뇌하는 여행자의 파르티가 무투사 마일드를 보며 물었다.

"너, 너도 저 정도는 충분히 할 수 있겠지?"

"……."

마일드는 대답을 하지 못했다. 그의 손바닥에 땀이 흥건하게 맺혔다. 까놓고 말해 죽었다 깨어나도 데몬고르곤이라는 자나 그에게 패한 씽이라는 자를 이기지 못한다. 저게 사람인가, 괴물이지.

마일드는 그들이 어떤 식으로 겨뤘고, 어떤 식으로 씽이 패했는지 아예 보지를 못했다.

집사 텐디가 연무장으로 걸어 나왔다.

"모두들 즐겁게 보셨나요?"

"네에!"

"자, 그럼 본격적으로 시작합니다. 먼저 검사들의 면접관 안드리안 님!"

붉은 머리의 안드리안이 대검을 한 손에 쥐어 어깨에 두른 채 연무장에 올랐다.

그녀는 여행자들과 용병들을 돌아보며 말했다.

"선발전에 응시한 검사들은 이 위로 올라오도록."

반말이었다.

여행자나 용병들은 거친 삶을 살아왔다. 이곳에서 죽음의 위기를 넘겨보지 못한 사람은 없었다. 그럼에도 그들은 안드리안의 기세에 반발을 하지 못했다.

마흔 명의 응시자가 연무장에 올랐다. 네 개의 시험 중에 가장 많은 응시 인원이다.

"설마 우리 전원과 붙는다는 그런 어이없는 시험은 아니겠지?"

파르티가 물었다.

"귀찮게 왜 그런 짓을 해. 내 시험은 간단하다."

피식 웃은 안드리안은 들고 있던 검을 연무장에 꽂았다. 대검은 연무장에 1/3 정도가 박혔다.

"이걸 뽑아서 들면 돼. 그럼 합격이야."

검사들은 어이가 없는 표정을 지었다. 자신들을 뭐로 보냐는 듯한 표정.

"앞의 두 기사의 대련을 보고 내심 쫄았는데, 뭐 별것 없구만. 모두 비켜봐. 이 정도는 한 손으로 해결해 주지."

거구의 사내가 앞으로 나섰다. 게론보다 훨씬 근육질의 사내였다. 밖으로 보이는 팔뚝에서 심줄이 금방이라도 살갗을 뚫고 나올 것처럼 꿈틀거렸다.

그는 대검의 손잡이를 잡았다. 이마에서도 힘줄이 튀어나올 듯하다.

"흐압!"

사내는 단숨에 대검을 들어 올리려 힘을 주었고, 반발력을 이기지 못하고 뒤로 벌렁 자빠지고 말았다.

대검은 그 자리에서 꿈쩍도 하지 않았다.

"헉헉헉! 뭐, 뭐야? 뭐가 이렇게 무거워?"

사내는 벗겨진 손바닥을 보며 어이가 없다는 듯이 말했다.

"자, 후딱들 도전하라고."

안드리안의 말에 검사들이 너 나 할 것 없이 대검을 들었다. 그리고 전원이 실패했다. 남은 자는 파르티뿐이다.

"흥, 이따위 것."

파르티는 쓰러져서 헐떡이고 있는 다른 검사들을 경멸스러운 눈초리로 바라봤다. 그는 안드리안이 검을 들라고 했을 때부터 어떤 시험인지 눈치챘다. 분명 대검은 무거울 것이다. 힘으로는 무리가 있을 터, 마력을 사용하여 힘을 강화하여 뽑으면 된다.

즉 검을 뽑는 것은 마력과 힘을 동시에 얼마나 요령 있게 사용하느냐에 대한 응용력을 보는 것이었다.

그런 것도 눈치채지 못한 멍청이들.

파르티는 대검의 손잡이를 잡았다. 마나를 일으키자 힘이 생겨났다. 마나는 마력으로 전환되며 파르티의 힘을 몇 배나 증가시켰다.

"흐압!"

파르티는 아랫배에 힘을 줬다.

"오오오오!"

사람들의 함성 소리가 들렸다.

대검이 조금씩 뽑혀 나오고 있다.

그리고,

우드득!

너무 강한 힘을 줬기 때문일까.

파르티의 양팔이 뚝 하고 부러지고 말았다.

"으아아아악!"

부러진 팔을 보며 믿을 수 없다는 듯이 파르티는 비명을 질렀다.

"아오, 시끄러. 누가 저 자식 팔 좀 고쳐 줘. 전원 불합격. 겨우 검 하나 들지 못하냐. 실력들이 이렇게 낮아서야. 에이."

안드리안은 고개를 설레설레 젓고는 대검을 한 손으로 뽑아 연무장을 내려갔다.

"우와아아아아! 역시 영지의 여기사 안드리안 님! 대단합니다!"

군중들의 함성이 계속해서 높아졌다.

그들과 같이 호응할 수 없는 자들은 여행자들과 용병뿐이었다. 본래 자신들이 이번 축제에 주인공이 되어야 했다. 하지만 어쩐 일인지 분위기는 자신들을 축제의 들러리로 만들고 있었다.

"자, 다음은 영주님의 스승이시자 영지의 수호자 곤!"

텐디의 소개와 함께 곤이 연무장에 올랐다.

"와아아아아!"

군중들의 열기는 극에 달했다. 너무도 냉정하게 보여 곤에게 말을 붙일 수 있는 사람은 거의 없었다. 그럼에도 곤의 인기는 상당했다.

"궁사들, 앞으로 나오시오."

곤의 말에 20명 정도의 궁사가 연무장으로 올라왔다. 모두가 자랑이라도 하려는 듯 화려한 문양이 새겨진 활을 들고 있었다.

반면, 곤이 들고 있는 활은 병사들이 쓰는 것보다 훨씬 질이 안 좋은 것이었다. 굳이 비교하자면 이제 갓 성년이 된 청년들이 사냥을 나갈 때 쓰는 활과 비슷했다.

곤이 들고 있는 활을 본 궁사들의 입술이 비틀렸다. 그들 모두가 10년 이상 활을 쏴본 자들이다. 몇몇은 마력을 화살에 주입시킬 수도 있었다. 마력을 먹은 화살은 가공할 위력이 있다. 수백 미터, 혹은 수 킬로미터 밖에서 날아오는 저격 화살은 기사, 귀족, 왕족 모두에게 두려움의 대상이었다.

어찌 보면 눈으로 보고 대응할 수 있는 마법사보다 궁사가 더 골치 아픈 상대라고 할 수 있었다.

당연히 파티에서 상당한 도움이 되는 존재가 궁사였다.

또한 활은 검사들의 검에 비견된다. 강력한 검일수록, 유명한 장인의 검일수록, 전설상의 검일수록 값어치는 폭등했다. 본래의 능력에 몇 배나 증폭시켜 주기 때문이다.

저런 허접한 활로는 본래 가지고 있는 능력을 반도 발휘하지 못한다. 하여 궁사들이 곤을 비웃은 것이다.

"내가 시범을 보이겠소. 이것을 따라 하기만 하면 되오. 비

숫하게라도 하면 시험은 합격이외다."

곤은 연무장 구석에 네 개의 돌을 얹었다. 그리고 시위에도 네 개의 화살을 걸었다.

"네 발이나?"

궁사들은 의문을 가졌다. 네 발의 화살을 동시에 쏘는 자가 없지는 않았다. 하지만 두 발 이상을 쏘게 되면 명중률은 현저히 낮아진다. 그렇기에 궁사들은 어지간해서 두 발 이상의 멀티 샷을 쏘지 않았다.

수만 명의 적군이 몰려오는 공성전이 아니라면.

또 하나의 의문. 연무장 모서리에 놓은 돌을 무슨 수로 한 번에 맞춘다는 말인가.

궁사들은 아무리 생각해도 이해할 수가 없었다.

그들의 의문을 곤은 곧 풀어주었다.

곤은 하늘을 향해서 시위를 당겼다. 그리고 손가락을 놓았다. 시위를 떠난 화살이 하늘을 향해서 날아갔다.

"저런 식으로 한다면야 뭐."

분명 모두가 생각하지 못한 방법이지만, 궁사들은 자존심상 인정하지 않았다. 자신보다 실력 좋은 궁사는 없다고 생각했다.

"저, 저?"

누군가 하늘로 올라간 화살을 가리켰다. 궁사뿐만 아니라 모든 사람의 시선이 하늘로 향했다.

하늘로 올라간 화살이 떨어지지 않는 것이다. 아니, 점점 더 올라간다. 화살은 모두의 시야에서 사라졌다. 얼마나 높게 올라갔는지 짐작도 가지 않았다.

"저, 저게 가능한 거야?"

궁사들은 대답하지 못했다. 하늘을 꿰뚫는 화살은 본 적이 없으니까.

쐐애애애액!

파공음이 들렸다.

하늘에서 공간을 찢고 내려오는 소리였다. 모두의 눈에 화살이 보인다.

가속도가 붙은 화살은 지상을 향해서 엄청난 속도로 날아오고 있었다. 마치 운석에 불이 붙은 것과 같은 모습이다.

"으으윽, 피, 피해. 저 정도의 속도라면 이곳에 큰 피해가 발생할 거야."

한 궁사가 겁을 집어먹고 연무장을 내려갔다. 그를 쫓아 다른 궁사들도 다급하게 연무장을 벗어났다.

화살은 눈 깜빡할 사이에 지상에 도달했다. 엄청난 속도로 인해서 음파가 발생했다. 군중들은 자신도 모르게 귀를 막았다.

이윽고,

쿠쿠쿠쿵!

연무장 네 개의 모서리가 완전히 박살 났다. 별 볼 일 없는 활과 화살이라고는 믿기지 않는 위력이었다.

놀랍고 믿어지지 않는 광경을 목격한 군중들은 환호성보다는 경악에 가까운 눈으로 곤을 바라봤다.

"도대체 저 자식 정체가 뭐야? 샤먼이 무슨 활을 저렇게 잘 쏴? 사실 샤먼은 트릭이고 본업은 궁사 아니야?"

관중석에 앉아서 곤의 신위를 지켜보던 데몬고르곤이 카시어스에게 물었다. 데몬고르곤은 카시어스가 곤에게 패한 사실만을 알 뿐 어떤 식으로 패했는지는 모른다.

카시어스는 곤이 샤먼이라고 하였다. 샤먼이 그토록 강할 수 있다는 것을 데몬고르곤도 처음 알았다. 그가 아는 샤먼은 인간의 심장이나 간을 먹고 죽은 자를 움직이는 어둠의 종자들.

그렇다고 그렇게 강하다고는 생각하지 않았다.

하지만 흡혈왕 카시어스가 패했을 정도이니 어떤 비장의 수가 있다고는 여겼다.

"뭐래. 쟤가 어딜 봐서 궁사여? 궁술은 그냥 쟤가 잘하는 것 중에 하나야."

"정말? 그럼 정말로 샤먼이란 소리야?"

"형님을 샤먼이란 단어로 압축시켜서 생각하지 말았으면 좋겠군."

데몬고르곤과 카시어스의 대화를 듣던 씽이 끼어들었다.

"그럼 뭔데, 네 형님은?"

카시어스가 물었다.

"형님은 위대한 전사야."

"전사라……."

"전사."

데몬고르곤과 카시어스가 전사라는 말을 되뇌었다.

그들은 자신들의 과거가 머릿속에 떠올랐다. 그들도 빛나는 한때가 있었다. 과거 인간에게는 리치 킹이란 대악마였다. 하지만 그들에게는 최고의 전우이자 동료였다.

비록 가족을 잃어 리치가 되었지만, 그는, 아니, 타노로스는 완벽한 전사였다. 흑마법과 수많은 언데드는 단지 그를 보좌하는 수단일 뿐.

그의 불굴의 정신력은 세상 누가 덤벼도 이길 수가 없었다.

리치 킹과 함께 세상을 누비던 때가 그들은 그리웠다.

"멋진 말이군. 위대한 전사라……."

데몬고르곤이 읊조리듯 말했다.

"아직 젊은 너희가 조금 부럽네."

카시어스는 깍지를 끼고는 뒷머리에 댔다. 그러고는 다리를 꼬았다. 그녀는 연무장에 서 있는 곤을 보았다.

그에게서는 리치 킹과 같은 빛이 나고 있었다. 사람을 끌어들이는 강대한 빛이.

데몬고르곤과 카시어스는 저 빛에 이끌려 이곳까지 온 것이다. 어쩌면 위대한 전사를 다시 한 번 보고 싶다는 마음에.

"자, 그럼 우리 예비 기사단 여러분께서는 어떻게 행동하실까."

카시어스는 곤의 주위에서 바짝 얼어 있는 궁사들을 보며 즐겁다는 듯이 미소를 지었다.

궁사 중 반이 고개와 어깨를 축 늘어뜨리고 연무장을 내려왔다. 남은 궁사들도 곤의 신위를 좇아 했지만 단 한 명도 비슷하게 활을 쏘지 못했다. 아니, 연무장 구석에 있는 돌 하나를 맞춘 자가 없었다.

전원이 전의를 상실했다.

그것은 자신만만해하던 손도 마찬가지였다.

"자, 그럼 내 차례인가."

카시어스가 활기차게 연무장으로 올라섰다. 그녀가 손가락을 까닥이자 다섯 명의 마법사가 나섰다. 마법사들도 기가 죽어 있었다.

카시어스는 그들을 향해서 외쳤다.

"애기들아, 좀 신명 나게 놀아보자! 다 덤벼!"

Chapter 3. 흉포의 기사단

곤과 안드리안은 리치 킹의 던전에서 수확한 아이템을 적은 서류를 확인했다.

듣던 대로, 아니, 듣던 것보다 훨씬 아이템의 양은 엄청났다. 헬리온 백작이 50퍼센트를 가져갔음에도 남은 아이템은 차고 넘쳤다. 헬리온 백작도 쏟아져 나오는 아이템을 보며 꽤나 놀랐다. 설마 이토록 많은 아이템이 나올 줄은 그도 예상하지 못한 모양이었다.

"정말 엄청나네."

안드리안은 감탄사를 내뱉었다.

그녀의 말에 곤도 고개를 끄덕였다.

전설급 아이템 마흔세 개. 단 하나만 세상에 풀려도 광풍이 불 것이다. 그런데 마흔세 개라니. 어지간해서는 감정의 변화가 없는 곤조차 입이 떡 벌어지는 것은 어찌 보면 당연한 일이었다.

마법 병기를 포함해 마법 아이템은 121개였다. 모두가 최상급. 하급 마법 아이템은 구경조차 하지 못했다. 중상급 아이템은 수백 개가 넘었다.

"리치 킹은 도대체 무엇을 하려고 이렇게나 많은 아이템을 모았던 것일까?"

문득 안드리안은 리치 킹의 의도가 궁금해졌다.

"전쟁을 일으키려고 한 것은 아닐까요?"

"전쟁을? 그건 앞뒤가 맞지 않는 것 같아."

"왜죠?"

"당시 리치 킹은 이미 대륙의 절반을 쓸어버렸거든. 그의 손에 의해서 수많은 왕국이 멸망의 길을 걸었어. 그런데 갑자기 그는 은둔에 들어갔지. 내 생각에는 뭔가 이유가 있었을 것이라 생각해."

"데몬고르곤이나 카시어스에게 물어보는 편이 나을 것 같군요."

"음, 그러는 편이 좋을 것 같아. 우리가 머리를 맞대봤자

결론을 나지 않아. 차라리 리치 킹을 가장 잘 아는 그들에게 물어보는 것이 낫지."

"그런데… 어떻게 할 겁니까?"

곤이 물었다.

"뭘?"

"리치 킹의 던전에서 발견한 그것 말입니다."

"아!"

안드리안은 턱을 긁었다. 그녀가 그토록 바라던 고향으로 돌아가는 방법을 전혀 생각지도 못한 곳에서 발견했다. 바로 리치 킹의 던전에 부서진 달로 가는 고대 포털이 있었던 것이다.

포털을 열 수 있는 방법은 삼안족의 언어로 적혀 있었다. 즉 생존자 중에서 오직 안드리안의 삼안만이 읽을 수 있었다.

포털을 열 수 있는 방법은 삼안족임을 증명하는 것. 안드리안은 마음만 먹으면 포털을 열고 고향으로 돌아갈 수가 있었다.

하여 안드리안이 어떻게 행동할 것인지 곤이 물어본 것이다.

"글쎄다. 어떻게 해야 할까. 그토록 어머니의 고향으로 가고 싶었는데… 막상 방법을 알고 나니까 썩 내키지가 않네."

"두려운 거군요."

"두려움이라……. 맞아, 그럴지도. 어차피 고향에서는 나란 존재를 아예 모를 테니까. 가서 냉대를 받으면 어쩌나 하는 마음도 들고."

"가지 않을 겁니까?"

"가긴 가야지. 단, 지금은 아니야. 먼저 이곳에서의 일을 끝내고."

"이곳에서의 일이요?"

"라덴 왕국의 움직임이 심상치 않다면서. 라덴 왕국와 우리 꼬마 영주의 영지는 맞닿아 있고. 아무런 일이 없으면 좋지만 만약 무슨 일이 있다면 나 혼자 고향으로 내뺄 수는 없잖아?"

안드리안은 곤을 보며 씨익 웃었다.

곤도 미소를 지었다.

확실히 의리가 있는 여자였다. 배포도 남다르다. 그녀를 만난 것은 곤에게 큰 행운이었다. 여자가 아닌 동료로서 그녀는 믿음직스러웠다.

"키스톤과 슈테이가 그들의 동태를 지켜보고 있습니다. 무슨 일이 있으면 곧바로 연락이 올 겁니다."

"그들이 라덴 왕국으로 넘어가 있는 거야?"

"네."

"위험하지는 않겠지?"

"그들은 전문가입니다. 비록 개개인의 전투력은 떨어지지만, 군중 속에 있는 그들은 저라도 찾기가 힘듭니다. 정보원으로 특화된 자들이죠."

"그렇군. 나쁘지 않은 소식을 전해주었으면 좋겠는데."

"저도 그러길 바랍니다. 상당한 아이템을 얻었다고는 하나, 이곳 영지의 힘으로 한 국가를 당할 수는 없으니까요. 만약 그들이 전쟁을 벌이게 된다면 가장 가까이 있는 이곳은 순식간에 불바다가 될 겁니다."

곤은 창밖을 바라보았다.

붉은 노을이 어쩐지 핏빛처럼 보였다.

*　　*　　*

고뇌하는 여행자들은 로즈의 가게에 모여서 술을 마시고 있었다. 그들은 믿을 수 없다는 듯 말도 안 된다고 거푸하며 술을 들이켰다.

그들은 꽤나 풀이 죽어 있었다. 이곳에 처음 도착했을 때의 패기와 자신감 있는 모습은 조금도 찾아볼 수가 없었다. 그들뿐만이 아니었다. 기사 선발전에 지원한 모든 여행자와 용병들이 같은 모습이었다.

몇몇은 축제가 끝나고 늦은 밤임에도 창피함을 참지 못하고 서둘러 짐을 챙겨 떠났다.

파르티와 친구들도 비슷한 감정이었다. 마을 사람들이 자신들을 보며 비웃는 것 같았다.

"이건 말도 안 된다고. 이런 삭막한 영지에 왜 그런 괴물이 떼로 있냐고. 중앙기사단으로 가란 말이야, 이런 데서 왕 행세하지 말고."

혀가 반쯤 꼬인 궁사 숀이 맥주잔을 탁자에 강하게 내려놓으며 불만을 터뜨렸다.

그 역시 처참한 꼴을 당했다. 신기에 가까운 곤의 실력을 보고 난 후 숀은 제대로 화살을 잡지도 못했다. 하늘을 향해서 화살을 쏘기는 했지만, 네 발 중에 두 발이 곧바로 바닥에 떨어졌다. 사람들은 그의 모습을 보면서 웃었다. 쥐구멍이라도 있으면 숨고 싶었다. 너무나 창피해서 죽고 싶은 감정을 억지로 억눌렀다.

"야, 네가 나보다 낫다."

4서클의 젊은 마법사 베리. 한때 차기 궁정 마법사가 될 것이라 사람들이 입을 모아 말한 적이 있을 만큼 능력 있는 자였다.

그런 그는 처참하게 깨지다 못해 굴욕을 당했다. 당시 카시어스란 젊은 여자 마법사와 대련을 펼친 자는 무려 다섯 명이나 되었다.

가장 수준이 낮은 자가 4서클 초반의 마법사였다. 멕컬린이라는 마법사는 5서클 최상위에 도달했다. 6서클에 도달하면 어느 왕국에서든 작위를 받을 수 있었다.

그런 마법사가 다섯이나 있었는데 단 한 명의 여자 마법사에게, 그것도 겨우 스무 살 안팎으로밖에 보이지 않은 그런 여자 마법사에게 비 오는 날에 먼지 나도록 맞았다. 어떤 마법도 그녀에게는 통하지 않았다. 다섯 명의 마법사는 전력을 다해서 그녀를 공격했지만, '정화'라는 초고위급 마법 한 방에 모든 공격 마법이 사라졌다.

그리고 시작된 구타.

겉보기와 다르게 여자의 손은 무척이나 매웠다. 어떤 마법사는 울면서 그만 때리면 안 되냐고 빌기도 했다. 베리는 그 정도까지 추락하지는 않았다. 그는 끝까지 살려달라는 말을 하지 않았으니까.

어쨌든 다섯 명의 마법사는 최고의 기량을 펼치고도 최고로 많이 맞았다.

도대체 어떤 식으로 때렸는지 눈에 시퍼렇게 퍼진 멍은 지워지지도 않았다. 프리스트 도날드가 몇 번이나 힐링 마법을 걸어줘도 마찬가지였다.

프리스트 도날드의 말로는 '나보다 월등한 수준의 마법사야. 그의 마력이 너의 눈에 깃들어 있어. 그녀 이상 되는 마법사가 아니면 너의 멍을 없애지 못해. 그냥 저절로 나을 때까지 참아야 할 듯해' 라고 말했다.

베리는 정말로 죽고 싶었다. 도저히 이런 얼굴로는 돌아다닐 수가 없었다.

"풋!"

베리를 바라본 파르티와 손이 자신도 모르게 입에서 맥주를 뿜었다. 한쪽 눈이 바둑이처럼 시퍼렇게 멍이 들어 있어 은근히 귀여우면서도 재밌었다.

"웃지 마!"

베리는 동료들에게 버럭 소리를 질렀다.

"아, 미안, 미안."

파르티가 손을 들어 사과했다.

"후, 그나저나 이젠 어쩌지?"

프리스트 도날드가 땅바닥이 꺼져라 숨을 푹 쉬고는 물었다.

그들의 목적은 리치 킹의 유물의 유무를 확인하는 것이었다. 기사 선발전이라는 것은 그들에게 큰 의미가 없었다. 막말로 전설급 아이템이 이곳에 있다면 그것을 가지고 도주할 생각도 했다.

최상급 트레저 헌터라는 위치를 생각하면 절대로 저질러서는 안 될 일이다. 하나 리치 킹이라는 이름의 묵직함과 전설급 아이템이라는 달콤한 꿀의 유혹은 누구도 참지 못할 것이다.

그런 계획이었는데 모든 것이 끝났다.

기사 선발전에서 우승하여 기사단장이 된다는 생각은 진작 깨졌다. 기사단장은커녕 농락만 당하고 말했다. 곤이라는 자의 말이 그들의 머릿속에서 사라지지 않았다.

'정말 쓸모없는 것들만 잔뜩 모여 있군.'

쓸모없는 것들.

고뇌하는 여행자로 이름이 높던 그들은 한순간에 쓸모가 없는 것들로 추락했다.

"그러게. 이젠 어쩌지?"

도날드의 말을 마일드가 받았다. 모두가 딱히 방도가 생각나는 것은 아니었다. 그저 다 같이 똑같은 표정으로 길게 한숨을 내쉴 뿐이었다.

"그런데… 한 가지 확실한 것은 있어."

손이 말했다.

"뭐?"

모두가 고개를 들어 손을 바라보았다.

"리치 킹의 유물을 손에 넣었다는 소문이 사실일지도 모른다는 것."

"나도 그렇게 생각한다. 까놓고 말해서 그토록 강한 인간들은 난 머리털 나고 처음 봤다. 그게 인간이냐, 완전 괴수 수준이지. 데몬고르곤과 씽의 대련을 봤잖아. 오거라도 한 방에 잡겠더라."

베리도 손을 거들었다.

다시 한 번 그들과 손을 섞는다고 하더라도 도저히 그들을 이길 수 있을 것 같지가 않았다. 아니, 백번을 다시 한다고 하더라도.

한두 수 위가 아니었다.

그냥 차원이 다른 실력을 지니고 있었다.

"리치 킹의 유물이 궁금하기는 하지만… 그자들의 저택이라도 털까?"

도날드가 말했다.

그 순간, 동료들의 얼굴이 백지장처럼 허옇게 들떴다.

"야, 지금 장난하냐?"

동료들의 호들갑스러운 반응에 도날드는 어리둥절한 표정을 지었다.

"왜?"

"너야 프리스트니까 선발전을 안 치러서 그들이 주는 압박감을 몰라."

"압박감? 연무장 밖에서도 충분히 느껴지던데?"

"아니, 겉으로 보는 것과는 차원이 다르다고. 으으, 아직도 온몸이 으슬으슬 떨리네. 그러니까 그자들의 저택을 턴다는 그런 끔찍한 말은 하지 말아줬으면 좋겠어. 나는 살고 싶다고."

가장 호되게 당한 베리가 양팔로 몸을 감싸며 덜덜 떨리는 척을 했다.

"하아, 그렇단 말이지. 이거 본전도 못 뽑고 돌아가게 생겼네."

베리는 고개를 절레절레 흔들었다. 그들은 말없이 술을 마셨다. 더 이상 기사 선발전 따위는 머릿속에서 떠올리고 싶지 않았다. 차라리 술을 마시고 잊는 편이 나았다.

끼이익—

그때 술집 문이 열렸다. 문이 열렸지만 사람들은 그곳을 바라보지 않았다. 술집 안이 꽉 차 있음에도 분위기는 형편없이 가라앉아 있었다.

"어서 오세요, 텐디 님."

로즈만이 술집 안으로 들어온 집사 텐디를 밝은 목소리로 반겨줄 뿐이었다.

텐디는 로즈를 향해 싱긋 웃으며 고개를 살짝 숙였다. 그는 술집 안을 돌아봤다. 언데드, 혹은 흑마법사가 뿌리는 어두운 기운이 술집 안을 가득 메우고 있었다.

그는 웃음이 터지려는 것은 억지로 참았다. 곤의 예상대로였다.

텐디는 곤에게 받은 명령대로 파르티와 그의 동료들에게 다가갔다.

"고뇌하는 여행자분들이시죠?"

텐디가 파르티에게 물었다. 상당한 술을 마셔서인지 눈이 반쯤 풀린 파르티가 텐디를 바라봤다.

"누구? 아, 기사 선발전에서 사회를 본 양반이구만. 그런데 무슨 일이슈, 우리 같은 따라지한테?"

앙금이 남아 있기 때문일까, 아니면 작은 발버둥이라도 치고 싶은 것일까, 그것도 아니면 술에 취했기 때문일까. 파르티의 입에서 나오는 말은 곱지 않았다.

"저는 여러분께 합격 통보를 드리려고 왔습니다."

"합격 통보? 무슨?"

"당연히 기사 합격 통보지요. 축하드립니다. 1차 시험에 합격하셨습니다."

"우리가 합격했다고? 정말로? 왜? 우리는 단 한 명도 시험에 통과하지 못했는데?"

파르티는 어리둥절한 표정을 지었다.

"채점 기준은 오직 곤 님만 알고 계십니다. 하니 오늘은 푹 쉬시고 내일 일찍 저택으로 오셨으면 합니다."

텐디는 여행자들을 돌아보며 중년의 멋진 웃음을 보여주
었다.

*　　　*　　　*

라덴 왕국의 수도 하이든.

라덴 왕국은 오랜 시간 대륙의 왕국들과 교류가 없어서인
지 독자적이고 독특한 문명을 지니고 있었다.

우선 건축물. 제국을 비롯하여 다른 왕국들은 각이 지고 딱
딱한 느낌이다. 웅장함을 표현하기 좋아한다고나 할까. 하지
만 이곳의 건축물은 대부분 원통형으로 지어졌다. 웅장함보
다는 미적 곡선을 중시하는 듯했다.

둘째로는 피부색이다. 대륙인들의 피부색은 하얗다. 그리
고 금발이나 갈색 머리가 많았다.

그러나 라덴 왕국인들의 피부는 상당히 까무잡잡했다. 이
는 하얗고 머리카락을 곱슬곱슬했다. 그리고 근육이 상당히
발달했다. 그렇다고 살이 찐 것도 아니었다. 멀리서 보자면
야생동물인 치타나 재규어를 연상시켰다.

하여 키스톤과 슈테이는 얼굴을 가린 채 이곳에서 지낼 수
밖에 없었다.

물론 대륙의 왕국들과 아예 교역이 없는 것은 아니었다. 해상 통로가 있기에 몇몇 왕국과는 꾸준히 교역이 이뤄졌다. 그러나 왕국 전체로 보자면 그 수는 극히 미미했다.

당연히 얼굴색이 완전히 다른 키스톤과 슈테이는 이곳에서 이방인으로밖에 보일 수가 없었다.

쿵— 쿵— 쿵— 쿵—

키스톤과 슈테이는 얼음처럼 굳었다. 그들은 눈앞에서 지나치고 있는 라덴 왕국의 군대를 보았다. 병사의 숫자는 가늠할 수가 없을 정도였다.

얼마나 이들이 전쟁 준비를 차곡차곡 해왔는지 진군하는 병사들만 보아도 알 수가 있었다.

"키, 키스톤 님."

슈테이가 떨리는 목소리로 키스톤을 불렀다.

"왜?"

키스톤이 목소리를 최대한 낮춰 대답했다.

"이, 이거 난리가 난 것 같은데요."

"그래, 난리가 난 정도가 아니다. 이 정도 숫자의 정규군이라면 안다고 하더라도 막을 수가 없을지도 몰라."

"가야 합니다, 키스톤 님. 서두르지 않으면… 저희는 끝장이 납니다."

다급한 슈테이의 말에 키스톤은 고개를 끄덕였다. 여기서 일분일초도 허비하고 있을 틈이 없었다. 서둘러 돌아가지 않으면 곤은 물론이거니와 아슬란 왕국조차 제대로 대응 한번 하지 못하고 몽땅 무너져 내릴 수도 있었다.

"가자."

키스톤과 슈테이는 서둘러 광장에서 빠져나왔다. 후드를 벗어 던진 그들은 홀몬 산맥을 넘어 곤이 있는 곳까지 전력으로 달리기 시작했다.

*   *   *

새벽 일찍 파르티와 동료들은 영주의 저택 뒤편에 있는 연무장에 모였다. 이미 연무장에는 상당한 인원이 모여 있었다.

파르티는 주위를 슬쩍 둘러보았다. 상당수가 기사 선발전에서 본 인물들이었다. 즉 연무장 위에 올라가 있는 사람들은 같이 기사 선발전에 지원한 자들이었다.

대략 인원은 60명.

아마도 어젯밤 마을에 남아 있던 인물들 같았다.

"뭐지? 왜 이렇게 많은 사람들이 남은 거지?"

베리가 파르티에게 낮은 목소리로 속삭였다. 그도 그럴 것이, 이렇게나 많은 여행자와 용병들이 남아 있을 줄은 몰랐던 것이다.

인구도 많지 않은 영지에서 수많은 기사는 필요가 없었다. 일단 운영비가 맞지 않았다. 기사는 병사보다 수십 배나 많은 급료를 받는다. 60명이나 되는 기사를 고용하려면 천 명에 달하는 병사를 키울 수가 있었다.

이런 작은 영지에서 비록 자작으로 승급이 되었다고 하더라도 60명이나 되는 기사를 고용할 수 없을 것이라 여겼다.

더군다나 곤을 비롯하여 괴물과 같은 기사들과 마법사들이 다수 포진하고 있지 않은가.

파르티는 영주의 심중을 파악하기 어려웠다.

"조금만 기다려 보자고. 무슨 꿍꿍이가 있겠지."

파르티의 말에 동료들은 고개를 끄덕였다.

다른 여행자들도 그들과 같은 생각인 모양이었다. 이곳저곳에서 웅성거리는 소리가 들렸다. 대부분이 왜 자신들을 이곳으로 불렀느냐는 것이다.

그러고 보니 어제 집사가 말하길, 1차 시험에 합격했다고 했다.

1차 시험.

자신과 같은 유능한 모험가들을 두고서 몇 번이나 테스트를 하다니.

비록 허무하고 어처구니없을 정도로 좌절하기는 했지만 기분이 상하는 것은 어쩔 수가 없었다.

잠시 후, 저택 안에서 한 명의 여자가 걸어 나왔다. 얇은 가죽옷을 입은 금발의 여인이었다. 가슴이 무척이나 풍만해서 시선이 절로 갔다. 허리에는 찌르기 전용의 칼인 레이피어를 착용하고 있었다.

그녀는 연무장 가장자리에 놓여 있는 단상으로 올라갔다.

"모두 주목."

그녀가 1차 시험 합격자들을 불렀다. 여행자들은 웅성거림을 멈추고 그녀를 바라봤다.

"나는 흉포의 기사단의 막내 레빗이라고 한다."

레빗이 자신을 소개했다. 사실 그녀는 막내라는 소리를 죽어도 하기 싫었다. 실력으로 막내인 것은 맞다. 하지만 리치 킹의 던전을 수색하며 상당한 실력의 성취를 이뤘다.

비록 흉포의 용병단에서는 막내지만, 다른 기사단에 속한다면 상위권 서열에 들 수 있다고 자신했다. 하여 그녀는 게론에게 따졌다. 이제 막내라고 안 불렀으면 한다고.

돌아온 말은 언제나 똑같았다.

'꼬우면 쫄다구를 구해 오든가.'

정말 말이 안 통하는 선배들이다.

"레빗?"

"설마 칠살의 기사단의 그 레빗?"

"아, 맞다. 영지전에서 패한 레빗이 헤즐러 자작에게 투항했다는 말을 들었어."

"그럼 정말 그 레빗이란 말이야? 놀라운데. 듣던 대로 미인은 맞네."

여행자들은 어수선할 정도로 말이 많아졌다. 그도 그럴 것이, 이쪽 지방에서 칠살의 기사단은 꽤 유명했다. 잔혹한 것도 그렇지만 실력도 상위권이었다. 단 일곱 명이서 상대가 몇 명이든지 맞서 싸운다는 것은 어설픈 용병들에게 로망을 불러일으키기도 했다.

하여 레빗도 이 지역에서는 꽤나 알려진 인물인 셈이다.

그런 그녀가 용병단의 막내라니.

여행자들은 아연실색할 수밖에 없었다.

"조용!"

연무장이 시끄러워지자 레빗이 언성을 높였다. 다시 연무장은 조용해졌다.

"너희들은 기사 시험 1차 합격자들이다. 아직 합격을 한 것은 아니란 말이다. 2차 시험을 보기 싫은 사람은 이대로 연무장을 나가도 좋다."

레빗은 잠시 기다렸다.

다행인지 불행인지 연무장을 나가는 사람은 없었다.

"좋아, 그럼 2차 시험에 대해서 알려주겠다. 정확히 61명이군. 다섯 명당 한 명꼴로 너희에게는 사수가 붙을 것이다. 사수는 너희의 정신력, 체력, 완력, 마나의 양, 마나를 쓰는 능력, 순발력, 이해력, 돌발 상황 대처 능력 등 모든 것을 체크할 것이다. 기간은 보름. 사수에게 합격을 받으면 너희는 정식 기사로 임명된다. 질문!"

레빗의 말에 여행자들과 용병들은 눈살을 찌푸렸다. 자신들을 무시해도 너무 무시한다고 생각한 것이다. 다른 곳에 간다면 얼마든지 기사가 될 수 있을 것이라 여겼다.

"급료는 얼마나 됩니까?"

누군가 손을 들고 물었다. 이런 하찮은 대접을 받는데 급료라도 높지 않으면 굳이 이곳에서 기사 생활을 할 필요가 없었다.

"2개월에 5골드."

"에엑!"

여행자들의 얼굴이 팍 구겨졌다. 2개월에 5골드라면 일반 병사와 큰 차이가 없었다. 그런 돈으로는 비싼 장비도 구입하지 못한다.

중급의 방어구만 하더라도 10골드를 호가한다. 4개월 이상 안 먹고 안 써야 중급 방어구 하나를 겨우 마련할 수 있다는 소리였다.

더해서 방어구만 사야 하나? 아니었다. 무기 또한 값이 만만치 않았다. 소비성 품목인 단검, 마나 포션, 체력 포션 등도 꾸준히 보충해야만 했다.

5골드로는 어림도 없었다.

"지금 장난하나?"

"어처구니가 없군."

어이가 없는지 여행자들은 피식피식 웃고 말았다. 몇몇은 곧바로 연무장을 이탈하려는 조짐도 보였다.

"단!"

레빗이 크게 말했다. 그녀는 품에서 검 한 자루를 빼내 단상에 올렸다.

"이번 2차 시험 합격자 성적에 따라 3등에게는 이것을 주겠다. 마법검 빙옥(氷玉)."

"마법검?"

"정말로 마법검이라고?"

사람들이 웅성거렸다.

그런 여행자들을 보며 레빗은 그럼 그렇지 하는 표정을 지었다. 그녀는 마법검 빙옥의 손잡이를 잡고 검집에서 꺼냈다.

마법검이라 그런지 검신이 보통의 검과는 확연히 달랐다. 새하얀 검날에서는 냉기가 풀풀 풍겼다.

레빗은 지근거리에 있는 나무를 향해서 마법검 빙옥을 휘둘렀다. 하얀 서리가 빠르게 날아가는 것이 모두의 눈에 똑똑히 보였다.

우드드득!

놀랍게도 나무는 그대로 얼어버렸다. 나무 잎사귀 한 잎까지 모조리.

"와아아아아!"

그제야 사람들의 입에서 환호성이 터졌다. 마법검은 극히 희귀한 아이템이다. 최상급 마법 아이템은 부르는 것이 값이었다. 지금 그들이 본 마법검 빙옥은 중급 수준의 마법 아이템이었다.

굳이 돈으로 환산을 하자면 최소 1,000골드의 가치가 있었다.

기사는 물론이거니와 어지간한 여행자들은 꿈도 못 꿔볼 그런 아이템이다.

여행자들과 용병들의 입이 벌어지는 것은 어찌 보면 당연했다.

"저, 정말로 2차 시험의 성적 3등에게는 마법검을 주는 겁니까?"

"당연하지. 영주님의 이름으로 약속하셨다."

"우아아아아! 끝내준다!"

사람들은 광분했다. 마법검을 얻을 수만 있다면 5골드가 아니라 숙식 제공만 해줘도, 병사 노릇을 하라고 하더라도 이곳에서 일할 의향이 있었다.

"저기, 3등을 무사가 아닌 마법사가 하면 어떻게 됩니까? 똑같이 마법검을 주는 겁니까?"

흥분한 베리가 손을 들고 물었다.

"당연히 아니지. 마법사는 스태프나 완드를 준다. 무투가에게는 건틀렛을, 궁사에게는 마법궁을 줄 것이다."

"우아아아아아!"

몇몇 과묵한 여행자들까지 양손을 번쩍 치켜들었다.

"그럼 1등이나 2등을 한 사람에겐 무엇을 줍니까?"

가장 궁금한 점이다.

3등에게 중급 마법 아이템을 준다. 모두가 설마 하는 표정으로 레빗을 바라봤다. 중급 마법 아이템도 엄청난 고가이다. 하지만 상급, 혹은 최상급과는 비교도 할 수가 없었다.

최상급은 아예 돈으로 가치를 매기지 못한다.

여행자들의 표정을 본 레빗은 빙그레 웃었다. 나도 너희의 마음을 다 알고 있다는 표정이었다. 그녀 역시 곤에게 전설급 아이템을 받았다. 그때의 기분이란 말로 표현할 수가 없었다.

그녀는 자신도 모르게 곤에게 넙죽 절을 했다. 평생 충성을 다해 모시겠노라고.

이들 역시 마찬가지였다. 목숨을 걸고 충성을 맹세하는 자들이 다수 튀어나올 것이다.

"2등은 상급 마법 아이템이다. 당연히 1등은 최상급 마법 아이템이겠지."

"우아아아아! 말도 안 돼! 있을 수 없어!"

광분의 도가니.

여행자들은 믿지 못하겠다는 듯 머리채를 잡거나 옆에 있는 다른 사람에게 자신의 볼을 꼬집어달라고 하였다.

"자, 여기에 계약서가 있다. 언령이 들어간 값비싼 계약서야. 잘 읽어보고 도장을 찍도록 해."

레빗은 61장의 계약서를 그들 앞에서 흔들었다. 모두가 마법 아이템에 혼이 나가 계약서에 무엇이 적혀 있는지도 잘 읽어보지 못했다.

그들은 두 번 생각할 필요도 없이 계약서에 사인을 했다.

그때, 계약서를 꼼꼼하게 읽었어야 했다.

설마 이런 지옥이 기다리고 있는 줄은 추호도 상상하지 못했다.

*　　　*　　　*

홀몬 산맥 근처의 동굴.

몬스터가 득실거리던 산맥이었지만 어느 순간부터인지 몬스터의 숫자가 상당히 줄었다. 아직까지 올해는 몬스터의 습격이 단 한 번도 없었다.

마을 사람들은 모두 꼬마 영주와 곤을 칭송했다.

하지만 2차 시험 때문에 매일같이 홀몬 산맥 안으로 들어가 몬스터들과 사투를 벌어야 하는 여행자들은 환장할 노릇이었다. 첫 주는 아예 홀몬 산맥에서 야영을 했다. 각각의 멘토를 맡은 기사들은 인정사정없이 여행자들을 몬스터 소굴에 밀어 넣었다.

그들은 몇 번이나 죽을 뻔했다. 멘토들은 여행자들이 거의 죽기 직전이 돼서야 모습을 드러내 구해주었다.

대부분 경험이 많은 여행자들이지만 쉴 새 없이 잠도 재우지 않고 몰아치는 몬스터들로 인해 차츰차츰 지쳐 갔다. 몇 번이나 목숨을 잃을 뻔한 이유도 집중력이 떨어졌기 때문이다.

그리고 2차 시험을 치르면서 여행자들은 확실하게 느낀 것이 하나 있었다.

그것은 바로 자신들이 너무 자만하며 살았다는 것이다.

스물한 명의 멘토.

왜 그 유명한 칠살의 기사단 멤버이던 레빗이 막내인지 뼈저리게 느꼈다.

곤과 안드리안, 씽, 카이어스, 데몬고르곤만 괴물이 아니었다. 여행자들의 멘토를 맡은 기사들도 충분히 괴물 축에 속했다.

그리고 파르티, 숀, 베리, 마일드, 도날드는 오늘도 어이가 없는 시험을 치르고 있었다.

그들의 멘토는 체일이라는 자였다. 덩치가 크고 성격이 더러웠다. 조금만 실수해도 주먹부터 나가는 그런 자였다. 한 번은 참다못한 파르티가 개긴 적이 있었다. 파르티는 딱 죽지 않을 만큼 맞았다.

일방적으로 맞았다는 말이 정확할 것이다. 아무리 파르티가 발버둥을 쳐도 그의 주먹은 체일의 옷깃에도 스치지 못했다. 그 이후 누구도 체일에게 덤빌 생각을 하지 못했다. 들어 보니 다른 조원들도 마찬가지인 모양이었다.

"아, 빌어먹을. 도대체 여긴 어디야? 전혀 앞이 안 보이잖아."

숀이 벽을 손바닥으로 짚으며 조금씩 앞으로 걸었다. 숀뿐만이 아니라 모두가 눈가리개를 하고 있었다. 그 탓에 서로가 뒤엉켜 넘어지기를 반복했다.

그들이 있는 곳은 훌몬 산맥 안에 있는 수많은 동굴 중 하나였다.

체일은 그들에게 다짜고짜 눈가리개를 씌우고는 동굴 안으로 밀어 넣었다. 오감을 터득하라면서. 파르티와 동료들은 체일이 농담하는 줄 알았다. 산맥 자체가 몬스터 천지이다. 그중에서도 동굴은 특히 위험했다. 동굴은 어떤 몬스터의 서식지일 가능성이 높았다. 그런 곳에 눈을 가리고 들어가라는 것은 죽으라는 말과 비슷했다.

체일이 말했다.

"안 죽어. 나도 다 마스터와 씽 님에게 배운 거야. 그러니까 후딱 들어가."

이런 미친.

도대체 멘토들은 어떤 수련을 했기에 그런 무서운 말을 서슴없이 한단 말인가.

파르티와 동료들은 어쩔 수 없이 눈을 가린 채 동굴 안으로 들어가야만 했다. 무기를 들었지만, 차마 휘두르는지는 못했다. 잘못하면 동료가 맞을 수도 있었다.

시각을 활용하지 못하는 이상 촉각과 후각, 청각만을 이용해서 동굴을 살펴야 했다.

위이이이잉!

동굴 안 깊은 속에서 동물의 울음소리와 비슷한 소리가 들렸다.

어둠에 대한 두려움이 가장 많은 베리가 펄쩍 놀라며 도날드를 잡았다. 도날드 역시 화들짝 놀라며 손을 잡았다. 균형이 무너지며 그들은 도미노처럼 무너졌다. 가장 앞에 있던 파르티는 콧잔등을 바닥에 부딪쳤다.

눈물이 나올 것처럼 아팠지만 그는 억지로 참았다. 앞이 보이지 않는 상태에서 어디에다 얼굴을 두고 화를 내야 할지도 몰랐다.

그들 사이로 체일이 슬며시 들어왔다. 그의 손에는 두꺼운 몽둥이가 들려 있었다.

체일은 눈앞에서 지들끼리 쓰러져 엉켜 있는 멘티들을 보며 코웃음을 쳤다. 자신들도 곤과 씽에게 똑같은 식으로 훈련을 받았다. 당시에는 얼마나 무섭고 두렵던지.

하지만 지금 가르치는 입장이 되어 저들을 보고 있자니 조금은 한심하기도 하고 우습기도 했다.

이들이 감각을 최대한으로 끌어 올리기 위해서는 우선 맞아야 한다.

체일은 가까스로 몸을 일으키고 있는 파르티와 동료들을 향해서 인정사정없이 몽둥이를 휘둘렀다.

지금쯤 곳곳에서 같은 일이 벌어지고 있을 터였다.

멀리서 2차 시험에 응시한 여행자들의 훈련을 빙자한 구타를 바라보고 있던 곤은 고개를 끄덕였다. 용병들은 기사가 되더니 많이 바뀌었다.

예전에는 설렁설렁 하는 모습이 종종 보였지만 지금은 그렇지 않았다.

　할 때는 확실히 했다. 웬만해선 사람을 저렇게 고기 다지듯
이 다지지는 못한다.

　"잘하고 있군."

Chapter 4. 재앙술사

곤이 느끼기에 특이한 일이었다. 씽이 먼저 나서서 누군가에게 가르침을 청하다니. 씽은 과묵하기에 티가 나지 않지만 그는 누구보다 자존심이 강했다.

본래 인간과는 비교도 안 되는 육체를 가지고 태어난 그다. 더군다나 그는 대륙 7대 전설 신기라는 하렘의 심장을 이식했다.

그렇지 않아도 강한 씽은 무한의 잠재력을 얻게 됐다. 다른 사람들처럼 마나를 늘리기 위해서 노력하지 않아도 되었다. 육체가 강해지면, 단전이 넓어지면 그는 무제한적으로 마나를 끌어다 쓸 수가 있었다.

누구보다도 빠르게 씽이 강해질 수밖에 없는 이유였다.

그런 그가 누군가에게 무언가를 배우겠다고 나서다니 무척이나 의외의 일이었다.

그를 가르치는 사람은 과거 대륙전쟁을 일으킨 주인공 중한 명인 사자마왕 데몬고르곤이었다.

데몬고르곤은 다른 사천왕과 다르게 마법이나 기이한 술법을 쓰지 못했다.

오로지 육체만을 강하게 만들었다. 용암도, 마법도, 폭풍도 그의 육체에는 손톱자국만 한 상처도 입히지 못했다.

그만큼 그의 육체는 강했다. 카시어스의 말로는 육체 능력만큼은 리치 킹을 능가했다고 하니 더 이상 무슨 말이 필요할까.

다행스러운 것은 데몬고르곤과 씽이 서로 사제 관계가 된 것에 대해서 무척이나 만족하고 있다는 것이다. 물론 둘 모두 자신들은 사부가 아니며 제자도 아니라고 우겼다.

그러나 다른 사람들이 보기에 둘은 사제 관계가 맞았다.

데몬고르곤은 씽을 가르치는 재미에 푹 빠져 있었다. 아마도 씽을 통해서 자신의 과거를 투영하는지도 몰랐다. 자신이 이루지 못한 꿈을 씽이 이뤄줬으면 하는 바람도 있을 터이고.

데몬고르곤과 씽은 하루도 빼놓지 않고 새벽부터 연무장

에 나와 대련을 펼쳤다. 그들 덕분에 죽어나는 사람들은 기사들과 병사들이었다.

곤이 데몬고르곤과 씽보다 늦게 연무장에 나오는 사람은 새벽부터 홀몬 산맥까지 구보를 시켰기 때문이다. 영지에서 홀몬 산맥까지의 거리는 대략 30킬로미터. 뛰어서 갔다 오기도 벅찬 거리이다. 더군다나 홀몬 산맥에는 수많은 몬스터가 서식하고 있었다.

재수 없게도 몬스터라도 만나 시간 안에 돌아오지 못한다면 그들에게는 지옥에서 지내는 것보다 힘든 훈련이 기다리고 있었다.

문제는 날이 갈수록 데몬고르곤과 씽이 연무장에 나오는 속도가 빨라지고 있다는 것.

이러다가는 잠을 자지 않고 연무장에 나와야 할 판이다.

"네 움직임은 너무 경직되어 있다. 상대가 읽기 쉽다는 거야. 언제까지 손톱에 의지할래? 손톱이 모두 부러지면 너는 무엇으로 싸울 테냐?"

데몬고르곤의 목소리가 연무장 곳곳으로 우렁차게 퍼져 나갔다. 새벽부터 연무장에서 피눈물을 흘리며 구르고 있는 하급 기사들과 병사들은 죽을 맛이었다. 그들을 가르치는 기사들은 하나같이 '들었지? 들었으면 비슷하게라도 따라 하란 말이야' 라며 하급 기사들과 병사들을 굴렸다.

'네가 한번 따라 해봐!' 라고 외치고 싶은 하급 기사들이었다. 데몬고르곤이 가르치는 말은 쉬웠다. 하지만 쉽다고 쫓아서 할 수 있다는 것은 결코 아니었다.

모르긴 몰라도 상급 기사들, 즉 흉포의 용병단이던 기존 멤버들이라고 하더라도 몇 명이나 따라 할 수 있을지는 알 수 없었다.

"후욱후욱!"

데몬고르곤에게 몇 번이나 나가떨어진 씽은 숨을 골랐다. 씽은 얼마 전부터 손톱을 절대 사용하지 않았다. 오로지 무투로만 데몬고르곤을 상대했다.

놀랍게도 그토록 강한 씽이 손톱을 사용하지 않자 데몬고르곤에게 아예 상대조차가 되지 않았다.

"얼씨구, 이번에는 마력을 써? 야, 인마, 넘쳐 나는 마력도 효과가 있어야 쓰는 거지."

데몬고르곤이 혀를 찼다.

그의 앞에서 씽은 전력을 다해서 마력을 생성시키고 있었다. 씽의 은빛 머릿결이 하늘로 나부낄 정도로 마력이 강해졌다.

"갑니다!"

다시금 씽은 데몬고르곤에게 덤벼들었다.

"아, 정말 훈련받기 싫다."

식신들에게 훈련을 받고 있던 페르티가 혀를 찼다. 그는 일단 하급 기사였다. 저번 기사 선발전에서 그는 2등을 차지하여 마법검 벼락을 손에 넣었다. 마법검을 손에 넣다니. 그는 미친 듯이 기뻐했다.

3등은 궁사 손이었다. 그는 마법궁 스피릿을 수여받았다.

놀랍게도 기사 선발전에서 1등을 한 사람은 전혀 의외의 인물이었다.

기사 선발전에서 전혀 티가 나지 않던 자그만 체구의 여인. 과연 저렇게 작은 몸으로 기사 선발전을 잘 치를 수 있을까 여겨지던 여인인 메르스가 1등을 차지한 것이다.

그녀는 최상급의 마법 스태프인 바람을 받았다.

덕분에 그녀는 상급 기사로 진급할 수 있는 자격 요건을 갖췄다. 곧 그녀가 상급 기사로 진급을 할 것이라는 소문도 있었다.

상급 기사가 되면 멘토가 될 수 있었다. 즉 자신들과 차원이 다른 위치에 서게 되는 것이다.

솔직히 배가 아팠다.

하여 파르티와 동료들은 그 꼴을 보지 않기 위해서 본래의 목적도 망각하고 미친 듯이 훈련에 매진하고 있었다.

하지만 매일 보게 되는 씽의 말도 안 되는 마력을 훈련을 하고 있는 파르티와 동료들은 머리털 나고 처음 봤다. 이토록 강대한 마력을 지닌 사람이 있다는 것 자체가 믿기지 않았다. 파르티와 동료들의 마력을 모두 합한 것보다도 많았다.

그들은 자신들이 우물 안의 개구리였다는 것을 깨달았다.

웃기는 것은 그런 괴물과 같은 씽을 매일같이 수십 번이나 바닥에 나뒹굴게 하는 데몬고르곤이라는 자였다.

처음에는 '우리도 할 수 있다'는 마음에서 나중에는 '우리 주제에 뭘, 일단은 여기서 살아남기라도 하자'로 바뀌었다.

그래도 씽의 마력은 볼 때마다 놀라웠다. 그의 마력은 연무장 전체를 지진이 난 것처럼 뒤흔들었다. 오롯이 제대로 서 있을 수 있는 사람은 상급 기사뿐이었다. 병사들은 진동으로 인해서 아예 서 있지도 못했다.

쿠쿠쿠쿵!

다시 한 번 데몬고르곤과 씽이 부딪쳤다. 그들이 내뿜는 충격파에 휩쓸리지 않기 위해서 하급 기사들과 병사들은 멀찌감치 떨어졌다.

헤즐러와 곤, 안드리안과 카시어스, 자작가의 중요 인물들이 저택 2층 응접실에서 창문 너머로 연무장을 바라보고 있었다.

"예전이라면 상상도 못 할 광경이네요."

헤즐러가 읊조리듯 말했다.

"예전?"

곤은 고개를 갸웃거리며 물었다.

"네, 사부님이 오시기 전과는 너무도 다른 풍경이라서요. 예전에는 저 연무장이 무척이나 넓게만 느껴졌거든요. 저에게는 너무나 넓은 연무장이었어요. 지금도 물론 넓지만… 한 번도 저곳이 사람들로 모두 찰 것이라고는 생각하지 못했어요."

"그런가?"

"네."

헤즐러는 곤을 보며 활짝 웃었다.

"아쉽지만 저 연무장은 더 이상 쓰지 못할지도 모르겠다."

"네? 그건 무슨 말이에요, 사부님?"

갑작스러운 곤의 말에 헤즐러는 당황했다. 연무장을 폐쇄한다는 것은 한 번도 생각해 보지 못한 일이다. 연무장은 몇 백 년 전부터 그 자리에 있어온, 가문의 유서 깊은 곳이었다.

"너무 작아."

"이해가 안 돼요, 사부님. 저 정도의 연무장이라면 수백 명 이상도 충분히 사용할 수가 있어요."

"그 말이 아니야. 기사들의 숫자는 백 명 가까이에 달한다. 자작 영지의 규모로는 상당히 크지. 하지만 우습게도 병사들 역시 백 명 정도. 말도 안 되지."

헤즐러를 비롯하여 노기사 등이 고개를 끄덕였다. 그들이 가장 염려하는 부분이 바로 그것이었다. 영지의 규모에 비해서 기사들의 숫자가 터무니없이 많았다. 왜 곤이 그토록 기사들의 숫자는 늘리는지 아는 사람은 아무도 없었다.

반면 영지의 병사들은 백 명 안팎이다. 옛 리토스 자작의 병사들을 합한다고 하더라도 300명이 넘지 않았다.

중앙의 군 편제는 기사 한 명에 병사가 백 명 정도의 비율이다. 지방 대귀족들은 기사 한 명에 병사 50명 정도를 유지했다.

당연히 일대일 정도의 비율을 가지고 있는 꼬마 영주의 군 편제는 말이 안 되는 것이다.

다른 귀족들과 비교하자면 이곳의 병사는 최소 오천 명 정도를 유지해야 한다. 물론 리치 킹의 던전에서 획득한 엄청난 자금 덕분에 오천 명이든 만 명이든 병력은 유지할 수가 있었다.

하지만 영지의 인구수가 그렇게 되지 않았다. 남자 전원을 병사로 바꾼다고 하더라도 모자랐다. 꼬마 영주가 최대한 모집할 수 있는 병력은 500명 정도가 한계였다.

"우선 병력을 천 명까지 늘린다."

"그게 말이 안 된다는 것은 자네도 알고 있지 않나."

노기사 스톤이 곤의 말을 가로막았다.

"당분간입니다."

"당분간이라니? 자세한 설명을 해주겠나?"

곤은 이들을 납득시켜야 한다. 특히 스톤과 에리크 두 노기사를. 곤의 생각보다 이 둘은 영지에서 상당한 인지도를 얻고 있었다.

곤이 지킨 영지지만, 곤이 끌어모은 기사들이지만 마을 사람들은 이 두 노기사가 자신들의 영지를 지켰다고 믿고 있었다.

그렇기에 이 두 노기사를 설득하지 않으면 영지민들의 신뢰를 얻을 수가 없었다. 하여 곤은 영지가 처한 상황을 솔직하게 말해주었다.

곤의 이야기를 모두 들은 헤즐러와 두 노기사는 벌어진 입을 다물지 못했다. 좋은 의미의 표정이 아니었다. 얼굴색이 새파랗다 못해서 사색으로 변했다.

"그러니까 뭐야, 곧 전쟁이 터질지도 모른다고? 그것도 바로 우리 영지에서?"

스톤이 말을 더듬으며 물었다.

"아마도."

"확실한 건가? 라, 라덴 왕국이라면 지금껏 자신들끼리 오순도순 잘 살고 있는 자들 아닌가. 왜 그들이 갑자기?"

"이유야 많겠죠. 좁아터진 땅덩어리에서 나오고 싶을 수도 있고, 넓은 대륙 땅을 차지하고 싶을 수도 있고. 그것이 무엇이든 놈들의 군사력 팽창은 기정사실입니다."

"단순히 군사력을 늘리는 것뿐이라면……."

스톤은 어떡하든 곤의 생각을 되돌리고 싶은 모양이었다. 곤이 하는 말은 그에게, 아니, 모두에게 무시무시한 재앙이나 다름없었다.

간신히 영지전에서 살아남았는데 그것의 몇십 배나 되는 지옥이 기다리고 있다고 하니 믿고 싶지 않다는 생각이 솔직한 마음일 것이다.

"군사력을 유지하는 것은 어마어마한 돈이 듭니다. 국가 단위라면 더 할 말이 없죠. 그들이 무엇을 위해서 그 많은 돈을 쏟아부었을까요? 그냥 재미로?"

"……."

곤의 말에 스톤은 대꾸를 하지 못했다. 그의 말대로다. 군사력을 유지하는 것은 나라를 지탱하는 근간이다. 다른 나라에게 얕보이지 않게 하기 위해서다. 특히 잘사는 왕국일수록 군사력이 강한 경향이 있었다. 그것은 그만큼 군사력을 유지할 능력이 된다는 것을 증명하는 것이다.

하지만 경제력이 부족한 왕국이 군사력을 증강한다면? 그 이유는 하나뿐이었다. 다른 왕국의 경제력을 뺏어 오기 위한 것.

바로 전쟁이었다.

응접실이 무거운 적막에 휩싸였다. 너무도 충격적인 얘기로 인해서 말을 하고 싶어도 할 수가 없었다.

"그럼 우리는 어찌해야 하는가? 자네라면… 자네라면 방도가 있겠지?"

스톤이 간신히 입을 떼서 물었다. 노기사의 눈빛은 아직 죽지 않았다. 힘겨운 상황임이 분명하지만 지금껏 누구도 해낼수 없을 것이란 일들을 곤은 보란 듯이 해치웠다.

영지전도, 리치 킹의 유물도.

덕분에 꼬마 영주는 상상을 초월하는 자금력을 얻게 되었다. 이제 꼬마 영주에게 필요한 것은 많은 인구와 그에 따른 군사력이었다.

하지만 이런 척박한 땅에서 인구를 늘리기란 쉬운 일이 아니었다. 당연히 인구수를 바탕으로 한 군사력도 늘리기가 쉽지 않았다.

천 명의 병사를 양성하기란 결코 쉬운 일이 아니었다.

그렇지만 곤이 있기에, 그가 영지에 버티고 있는 한 누구에게도 무너지지 않을 것만 같은 믿음이 있었다.

영지민들에게 기둥이 두 노기사라면 기사들의 절대적인 믿음을 받고 있는 사람은 곤이었다.

"방도가 하나 있기는 합니다만……."

곤의 말에 모두가 눈을 반짝였다.

"아직은 말을 할 단계가 아닙니다. 나중에 결정되면 말씀 드리죠."

"그럼 천 명의 병사는?"

"일단 영지의 모든 사람이 훈련을 받아야 합니다."

"모든 사람이라고? 지금 한창 밀 농사에 바쁠 이 시기에 말인가?"

스톤은 이해할 수 없다는 듯이 되물었다. 그도 그럴 것이, 어느 왕국이든 농사 시기에는 농민들을 건드리지 않는다. 병력만큼이나 중요한 것이 바로 보급이었다. 물과 군사 장비는 어찌어찌하여 보급을 할 수 있겠지만 식량은 그렇지 않았다.

그해 얼마나 많은 농작물을 수확하느냐에 따라서 전쟁의 판도가 바뀌기도 했다.

예를 들어보자면 과거 제국이 전쟁을 일으켰을 때 패한 적이 있었다. 당시 제국에는 근 백 년 만에 가장 큰 흉년이 들었고, 그 일로 인해서 보급이 원활하게 이뤄지지 않아 패했다는 말도 있었다.

상공업이 발달하지 않은 왕국에서는 농민이 국가의 근간이었다.

헤즐러 자작의 영지 또한 마찬가지였다. 이처럼 척박한 땅에서 농사라도 제대로 짓지 않으면 다음해에는 꼼짝굶어 죽을 수밖에 없었다. 전쟁? 먹고 죽을 식량도 없는데 무슨 전쟁을 벌인다는 말인가.

하여 노기사들은 농민들을 훈련시키자는 의견에 반대할 수밖에 없었다.

"해가 지고 오후에 하루 두 시간씩. 저희 기사들이 직접 도맡아서 가르칠 겁니다. 남녀노소 할 것 없이 전원을 훈련에 참가시킬 겁니다."

"하루에 두 시간씩? 이보게, 곤. 농사일이 얼마나 힘든 줄 아는가. 지친 몸을 이끌고 훈련이라니, 그러다가는 크게 다치네."

"아니요."

곤은 고개를 저었다. 그러고는 응접실 탁자에 금화 하나를 올려놓았다.

모두가 금화를 바라보았다. 그것이 무엇을 의미하는지 모르는 표정이다.

"훈련에 참가할 때마다 금화 하나씩. 물론 남녀노소 가리지 않고."

"뭐, 뭐라고?"

이번에는 두 노기사뿐만 아니라 안드리안도 자리에서 벌떡 일어났다. 고(故) 리토스 자작의 영지를 흡수하면서 영지민의 숫자는 삼천 명을 넘었다. 젖먹이나 노화로 움직일 수 없는 사람을 빼고는 이천 명을 훌쩍 뛰어넘었다.

그렇다면 하루에 금화 2천 개가 넘게 소비된다는 소리였다. 한 달이면 6만 골드. 농민들이 한 달에 버는 금액이 5골드 안팎임을 감안하면 어마어마한 금액이 아닐 수 없었다.

노기사와 안드리안이 생각하기에 완전히 미친 생각이었다.

"기한은 길어야 한 달. 영지민의 생존을 위해서 우리는 전력으로 서포트합니다. 여자들에게는 응급처치 방법을 가르치고, 남자들에게는 창술과 궁술을 가르칩니다. 아이들은 성인 남자들을 보좌합니다. 이번 전쟁, 영지민들이 얼마나 잘 싸우느냐에 따라 승패가 결정될 겁니다."

곤의 단정적인 말에 모두가 할 말을 잃고 우두커니 서 있었다.

*   *   *

다섯 식구라면 금화 다섯 개.

자식이 많은 열 식구라면 금화 열 개.

농부들은 이렇게 많은 돈을 벌 수 있는 기회가 없었다. 어쩌면 처음이자 마지막 기회일지도 몰랐다. 영지 전체가 곤이 뿌린 금화로 인해서 때 아닌 군사훈련 열풍이 불었다.

훈련을 받는 시간도 길지 않았다. 짧게 두 시간 정도. 힘들지도 않았다. 여자들은 응급치료를 하는 방법을 배웠으며, 남자들은 기초적인 창술과 궁술을 배웠다.

평생 쟁기만 들던 농부들이었다. 창과 활은 처음 사용해 봤다. 당연히 엉망진창이었다. 오합지졸이 따로 없었다. 하지만 시간이 약이라던가. 조금씩 시간이 지나면서 농민들도 자세가 잡혔다.

한 달의 시간이 주어진다면 최소한 허무하게 죽임을 당하는 일은 없을 것이다.

늦은 밤.

카시어스와 데몬고르곤이 연무장에 나와 있었다. 그들의 앞에는 곤이 서 있었다.

야간 훈련까지 마친 모든 기사와 병사들이 고된 몸을 이끌고 모두 깊은 잠에 빠져 있을 시간이다.

카시어스는 어이가 없다는 표정으로 곤에게 말했다.

"지금 뭐라고 했어? 우리 둘이 한꺼번에 덤비라고? 미친 거 아니야? 이봐, 곤, 네가 나한테 한 번 이겼다고 아주 기고만장해졌다? 사실 말이 나와서 하는 말인데, 내가 살짝 봐준 거라고."

데몬고르곤도 어이가 없기는 마찬가지였다.

곤은 강하다. 그것은 누구나 인정한다. 하지만 자신들은 더 강하다. 데몬고르곤은 그렇게 생각했다.

"우리가 우습게 보이나?"

데몬고르곤은 주먹을 쥐었다. 그의 주먹에서 강대한 투기가 발산되었다. 그의 손에 집약된 투기는 오러를 훨씬 능가했다.

저 무지막지한 투기를 과연 인간의 몸으로 버텨낼 수 있을까. 버텨낼 수 있다고 말하는 자는 자부심을 넘어서 자만에 차 있는 자일 것이다.

"그럴 리가. 나도 그렇게 무모하지는 않아."

곤은 고개를 저었다.

"그럼 왜 무슨 의도로 우리보고 덤비라는 거야?"

"내 능력치가 어디까지인지 알고 싶어서."

"뭐?"

"말 그대로야. 당신들이 아니면 내 능력치가 어디까지인지 알아낼 수 있는 방법이 없어."

지옥사제 림몬의 힘을 본의 아니게 흡수했다는 것을 카시어스와 데몬고르곤은 모르고 있었다. 아니, 아무도 모르고 있다는 말이 정확할 것이다.

곤이 실험해 보고 싶은 것은 바로 재앙술 8식. 리치 킹의 유물을 찾기 전까지 곤이 최고로 사용할 수 있는 술법은 6식까지였다.

하지만 림몬의 힘을 흡수한 이후로 그의 단전은 밑도 끝도 없이 넓어졌다. 과거 그의 힘이 제방을 때리는 강물의 힘이었다면 지금은 잔잔한 대해라고 할 수 있었다.

강과 바다.

비교조차 할 수 없는 크기가 아닌가.

지금이라면 곤의 사부님들도 넘지 못했다는 재앙술 8식을 사용할 수 있을 것만 같았다.

그러나 그 힘을 과연 누가 받아낼 수 있을까. 아무리 씽과 안드리안이 강해졌다고 하더라도 재앙술 8식을 받기에는 역부족이었다.

"큭큭큭, 우리가 너의 능력이 얼마나 되는지 확인하는 잣대란 말인가? 우리가 너무 얕보였어."

데몬고르곤의 입술이 뒤틀렸다. 그의 눈빛이 서늘하게 빛났다. 그의 투기가 연무장 전체를 진동시켰다. 씽과 싸울 때도 보이지 않던 진짜 투기.

수 킬로미터 밖에서도 느껴질 수 있는 인간들의 허접한 살기 따위가 아니라 진정한 강자만이 내보일 수 있는 진짜 오리지널 투기였다.

곤은 온몸이 저릿저릿해지는 느낌을 받았다. 아니, 느낌이 아니었다. 정말로 그의 육체가 투기에 부딪쳐 비명을 지르고 있었다. 온몸이 상대가 강하다고 외친다. 곤의 등줄기에서 식은땀이 흘러내렸다.

어쩌면 그는 볼튼을 능가할지도 모른다. 아니, 예전의 볼튼이라면 확실히 능가한다.

"훗, 남자들이란……. 데몬고르곤, 불타오르나 보네? 뭐, 나는 그다지 상관이 없지만, 자존심도 상하고 하니 한번 실력 발휘를 해볼까?"

카시어스도 본격적으로 나설 셈이다. 그녀가 양손을 벌렸다. 그녀의 등에서 거대한 검은 날개가 흩날리듯이 뻗어 나왔다. 검은 날개는 그녀의 마력을 증폭시켰다.

두 배, 세 배, 네 배, 그리고 일곱 배까지.

말도 안 돼.

곤은 외치고 싶었다. 데몬고르곤뿐만 아니라 카시어스도 괴물이나 마찬가지였다. 어쩌면 그녀가 가진 마력은 썽을 능가할지도 모르겠다.

이 정도의 마력.

카시어스는 다크 메이지로서 최고 수준에 다다랐는지도 모르겠다. 어쩌면 리치 킹의 던전에서 그녀를 이긴 것은 순전히 요행일지도.

쿠쿠쿠쿠쿵!

연무장의 반쪽을 깨뜨리고 거대한 검은 불꽃을 휘감은 마룡이 튀어나왔다. 마룡은 금방이라도 곤을 찢어발길 듯이 피어를 내뿜었다.

"우리 둘을 상대하겠다고 했지?"

카시어스는 곤을 보며 빙그레 웃으며 말했다.

"그럼 죽을지도 몰라."

*   *   *

"나와 있었어?"

게론이 레빗을 보며 물었다. 레빗은 잠을 자던 간편한 차림으로 창밖을 보고 있었다. 상급 기사들과 하급 기사들 또한 잠에서 깨어나 방에서 나왔다. 모두가 고된 훈련과 빡빡한 일정 때문에 자리에 눕자마자 잠이 들었지만 지금은 그럴 수가 없었다.

몇몇은 저택 전체를 둘러싼 가공할 투기에 깜짝 놀라서 침대에서 떨어질 정도였다.

"이런 상황에서 잠을 잘 수 있는 사람이 몇이나 될까요."

레빗은 담담하게 말했다.

"하긴, 기사뿐만 아니라 병사들도 기겁했을 정도니까."

게론은 주위를 둘러봤다. 경계를 서기 위해서 스무 명 정도의 병사는 항상 저택에 기거했다. 그들 역시 깜짝 놀라 자고 있던 차림 그대로 방문을 나섰다.

노기사들도, 메이드도, 헤즐러 자작도 모두가 창문 밖을 바라보고 있었다.

"저분들이 정말 사람인지 의심이 가네요."

레빗은 상상을 초월하는 마력과 투기를 내뿜고 있는 데몬고르곤과 카시어스를 보며 말했다. 그들이 강하다는 것에는 누구도 이견이 없었다.

하지만 누구도 그들이 얼마나 강한지는 알지 못했다. 막연하게 어느 정도 되지 않을까 짐작하고 있을 뿐이었다.

그러나 데몬고르곤과 카시어스의 강력함은 모두의 예측을 훨씬 뛰어넘었다.

죽었다 깨어나도 저들을 넘어설 수는 없을 것만 같았다.

저들은 인간의 탈을 쓴 괴수들이나 마찬가지였다. 인간 세상에 저런 자들이 있는 것은 반칙이나 다름없었다.

"그런데……."

레빗은 데몬고르곤과 카시어스를 상대하는 곤에게 고개를 돌렸다.

"저런 괴물들보다 강한 우리 마스터는 도대체 뭐가 되는 거죠?"

"나도 묻고 싶다. 마스터의 진정한 정체가 뭐냐고."

　　　　　*　　　　*　　　　*

　보편적으로 초강자들끼리의 대결은 길지 않았다. 한순간에 모든 것이 결판날 때가 많았다. 어중간한 고수들끼리의 싸움이 오히려 보기 좋고 화려했다.

　초강자들의 대결답게 이들의 전투도 한순간에 결판이 났다.

　강대한 마력과 투기를 내뿜던 카시어스와 데몬고르곤이 바닥에 엉덩이를 붙인 채 경악스러운 표정을 짓고 있었다.

　"이, 이게 도대체… 말도 안 돼! 도대체 그건 뭐야? 이건 마법이 아니야!"

　카시어스는 곤을 향해서 소리쳤다.

　그녀는 믿을 수가 없었다. 곤의 최대 무기는 죽지도 않고 쓰러지지도 않는 강시라고 여겼다. 그것들이 나타난다면 카시어스도 자신도 어지간히 애를 먹을 것이라 생각했다.

　하지만 그녀의 옆에는 데몬고르곤이 있었다. 사상 최강의 무투가 사자마왕 데몬고르곤이. 그라면 충분히 두 명의 강시를 상대할 수 있었다.

　그렇다면 승산은 자신들에게 있었다. 그녀의 무지막지한 마법으로 곤을 쓰러뜨릴 수가 있으니까.

　하지만 그것은 철저한 오산이었다.

　곤은 강시를 사용하지 않고도 자신과 데몬고르곤을 쓰러

뜨린 것이다.

데몬고르곤의 짙은 눈썹이 안쪽으로 심하게 일그러졌다. 치욕스럽다거나 좌절을 느낀 것은 아니었다. 그는 철저한 무투가. 자신보다 강한 상대에게 패한다는 것은 결코 불명예스러운 일이 아니었다.

하지만 자신에게 일어난 일은 너무나 어이가 없었다. 허무하다고나 할까.

"도대체 그건 무슨 술법이지?"

곤의 얼굴은 깨끗했다. 상처 하나 입지 않았다. 그는 어깨를 으쓱거리며 말했다.

"재앙술입니다."

"아, 샤먼의… 샤먼의 술법이 이토록 무시무시한 것이었나?"

"술법마다 다르지요."

"인간의 간과 심장을 먹지 않고도 그렇게 강해질 수 있다니……. 아니면 우리 몰래 간과 심장을 섭취하는 것일까?"

"아니거든요."

곤의 얼굴이 팍 일그러졌다. 샤먼의 편견과 오해는 뿌리가 깊은 모양이다. 도대체 몇 번이나 아니라고 말하는데도 똑같은 말을 반복하게 하는지 모르겠다.

"아니면 말고."

저렇게 말하는 것이 더 기분 나쁘다.

"자네, 마왕이 되려고 하나?"

약간은 장난스럽던 데몬고르곤의 표정이 진지해졌다.

"마왕이라……."

곤은 부서진 달을 올려다보았다. 달을 보자 그 소년이 떠올랐다. 결코 지울 수 없는 소년의 얼굴이.

"그 아이가 살아만 있었다면… 저는 그저 평범한 재앙술사가 되었을 겁니다."

"그 아이?"

곤의 사정을 알지 못하는 데몬고르곤은 고개를 갸웃거릴 수밖에 없었다.

"저는… 그 아이를 이렇게 만든 세상을 용서할 수가 없습니다."

곤의 말은 무척이나 무거웠다. 그가 하는 말의 무게 또한 엄청났다.

데몬고르곤과 카시어스는 과거의 주군이던 리치 킹 타노로스의 말이 떠올랐다.

'나는 내 아내와 아이를 그렇게 만든 세상을 용서할 수가 없다네.'

Chapter 5. 요동치는 대륙

변방에 머물고 있는, 아주 잠시 리토스 자작과의 영지전에
서 승리한 덕분에 유명세를 얻기는 했지만, 평상시에는 누구
도 신경 쓰지 않는 그런 곳이 헤즐러 자작의 영지였다.

현재 리토스 자작과 합병되며 인구수가 조금 늘기는 했지
만 그렇다고 해서 다른 영지처럼 수만 명이 넘거나 하지는 않
았다.

특산품이나 볼거리도 없어 귀족이나 여행자들이 찾아오지
도 않았다. 간혹 마을 여관에 들르는 사람들은 해양도시 콴으
로 가기 위해서 머무는 것일 뿐이었다.

그렇지만 지금은 예전의 사막과 같은 느낌을 떠올리지 못하게 하는 활기찬 분위기의 영지로 변해 있었다.

곤은 헬리온 백작 영지에서 상당한 양의 비료를 구입했다. 덕분에 농사를 짓는 농부들의 일손이 바빠졌다. 농부들이 사용할 농기구도 급증했다. 덕분에 마을에 없던 대장간도 생겨났다. 작게나마 시장도 열렸다.

자금이 돌자 영지민들의 생활은 예전과 비교도 할 수 없을 정도로 빠르게 윤택하게 변했다.

하지만 그들은 알 수 없는 불안감을 느끼고 있었다. 영지의 분위기가 계속해서 좋지는 않을 것이기 때문이었다. 전쟁이 벌어질 것이란 흉흉한 소문도 돌았다. 그 소문이 진실이라도 되는 양 남녀노소 할 것 없이 군사훈련의 강도는 강해졌다.

영지민들은 군소리 없이 훈련을 받았다. 불만이 없는 것은 아니었지만, 한 달에 벌 돈을 하루에 벌 수 있으니 차라리 매일 이렇게 훈련만 받았으면 좋겠다는 사람들도 있었다.

훈련을 받는 영지민들 사이로 두 필의 말이 맹렬한 속도로 지나쳤다.

말 위에는 곤의 눈과 귀가 되어주는 키스톤과 슈테이가 타고 있었다.

*　　　*　　　*

아슬란 왕국의 해양도시 콴. 수도를 제외하고는 가장 번화한 곳이 해양도시 콴이었다. 인구수는 무려 50만에 달하며, 상업이 가장 번성한 곳이기도 했다.

수도뿐만 아니라 전국 각지로 특산물을 수송하는 아슬란 왕국의 젖줄이기도 한 도시가 바로 콴이었다.

해양도시 콴의 부동항 메타콰이어.

대형 선박 10척, 중형 선박 20척, 소형 선박 120척이 동시에 정박할 수 있는 아슬란 왕국 최대의 항구.

여느 때와 같이 중앙대륙 곳곳에서 수입한 물건을 하역하느라 항구는 무척이나 분주했다. 수많은 사람들, 온갖 인종, 다양한 종족이 항구에 가득했다.

본래 항구는 새로운 문물을 가장 빨리 받아들이는 곳이다. 하여 내륙에 있는 왕국과는 다르게 다른 인종이나 종족을 차별하는 일이 덜했다.

하여 이곳에서는 드워프, 엘프, 호빗 등 다양한 종족들이 상거래를 하는 것을 볼 수가 있었다.

엘도라도 숲의 우두머리인 엘프 에코는 몇몇 동료들과 함께 상급 힐링 포션을 구입하기 위해 메타콰이어에 나와 있었다.

아무리 엘프라고 하더라도 힐링 포션은 제작할 수가 없었다. 특히 병을 낮게 하는 포션이라면 더더욱. 그것은 오로지 신을 믿는 인간들만이 만들어낼 수가 있었다.

1년 전부터 그녀의 아버지가 시름시름 앓았다. 병명은 알 수가 없었다. 엘프들의 비전까지 사용했지만 아버지를 낮게 할 수는 없었다.

거의 인간들과 거래를 하지 않는 에코였지만 지금은 어쩔 수가 없었다. 인간들이 만든 포션이 없으면 아버지가 죽을지도 모르니까.

"에코 님, 구입했습니다. 아오, 정말 비싸네요."

몸매가 그대로 드러나는 녹색 옷을 입고 있는 소녀가 에코에게 다가오며 말했다. 겉으로 보기에는 스무 살이 넘지 않았다. 그러나 엘프는 겉모습으로 판단해서는 안 되었다. 평균 엘프의 수명은 인간의 약 열 배는 길다. 스무 살로 보이는 엘프라면 인간의 나이로 200살 정도 됐다고 볼 수 있었다.

드워프 역시 인간 수명의 다섯 배는 길었다. 그것은 호빗족도 마찬가지였다.

지능을 가진 종족 중에서는 인간의 수명이 가장 짧은 편이었다. 오크들조차 200살 가까이 사니까.

"어디 봐봐."

에코는 소녀에게 가방을 받았다. 가방 안에는 다섯 병의 포션이 들어 있었다. 포션은 보라색 액체로 출렁이고 있었다.

무척이나 신비스러운 색이다.

"이거라면 아버지의 병을 고칠 수 있을 거야."

"맞아요. 인간들의 물건은 싫지만 어쩔 수가 없죠. 효력이 있다면 무엇이든 사용해야 해요."

에코는 고개를 끄덕였다.

"그런데 이 다섯 병을 사는 데 얼마나 들었지?"

"오백 골드요."

"오, 오백 골드?"

에코는 소스라치게 놀랐다. 인간의 돈으로 환산한 500골드라는 돈은 엘도라도 숲에 거주하는 모든 엘프가 1년을 사용할 수 있는 금액과 비슷했다.

한마디로 엘프족의 1년 치 예산을 다섯 병의 포션과 맞바꾼 셈이었다.

정말로 오라지게 비싸다.

물론 에코는 자신들이 상인들에게 정가보다 열 배나 비싸게 바가지를 썼다는 것을 모르고 있었다.

약은 상인들에게 세상 물정 모르는 어수룩한 엘프들이 돈다발이나 다름없었다.

"그런데… 에코 님."

"왜?"

"저것도 인간들의 배일까요?"

소녀는 바다 위에 떠 있는 수많은 검은색 대형 함선을 가리켰다. 족히 백 척은 넘을 듯했다.

"응?"

에코는 소녀가 바라보고 있는 검은색 배를 바라봤다. 느낌이 좋지 않은 배였다. 배 안에서 강대한 사기가 느껴졌다. 그 사기는 스멀스멀 이곳을 향해서 다가오고 있는 듯했다.

"느낌이 좋지 않아."

"그렇죠? 인간들은 확실히 감각이 떨어지나 봐요. 저 배들을 보고도 아무렇지 않게 행동하네요."

"글쎄다. 저런 배들이 종종 이곳에 오나 보지."

"저 배들이 점점 가까워지네요. 아오, 이상하게 기분이 나빠요. 저 배들을 보는 것만으로도 토할 것 같아요."

소녀는 양팔로 자신을 감싸며 부르르 떨었다. 그녀처럼 기분이 나쁘기는 에코도 마찬가지였다. 이미 그녀가 바라던 아이템은 손에 넣었다. 더 이상 자신들이 이곳에 머물 이유가 없었다.

그녀는 소녀와 다른 엘프들을 이끌고 걸음을 옮겼다.

그때였다.

콰콰콰콰콰쾅!

엘프들의 등 뒤에서 거대한 폭발이 일어났다. 뜨거운 화염이 엘프들이 있는 곳까지 전달될 정도였다. 에코는 급히 뒤를 바라봤다.

화아아아아악!

정박해 있던 대형 함선이 반으로 쪼개지며 바다로 가라앉고 있었다.

콰콰콰콰쾅!

다른 배들도 마찬가지였다. 마치 포격이라도 받은 것처럼 수십 대의 함선이 불길에 휩싸였다.

"으아아아아악!"

"사람 살려! 뜨거워!"

정박해 있던 함선에는 하역하기 위해서 상당수의 사람이 타고 있었다. 그들은 갑작스러운 폭발에 의해 무슨 일인지 알지도 못하고 수장되고 말았다.

"이, 이게 무슨 일이야?"

에코와 엘프들은 딱딱하게 얼어붙고 말았다. 조금 전까지만 하더라도 무척이나 분주하며 활기차던 항구가 불덩이로 변하고 있었다.

너무도 갑작스러운 일에 사람들은 무슨 일인지 제대로 이해하지 못했다.

크르르르릉.

뭔가가 바닷물 속에서 쑥 올라왔다. 호랑이를 닮은 동물이다. 하지만 일반 호랑이보다 족히 두 배는 거대했다. 날카로운 송곳니가 입 밖으로 튀어나왔고, 발톱은 잘 간 검처럼 날카로웠다.

그리고 커다란 호랑이의 등 위에는 기괴한 문양이 그려진 갑옷을 입은 검은 피부의 인간들이 타고 있었다.

크르르르릉.

그런 존재들이 하나둘씩 항구로 기어올랐다. 그 숫자는 족히 수천 이상이었다.

가장 거대한 호랑이를 타고 있는 검은 피부의 사내가 버디쉬를 머리 위로 들어 올리며 소리쳤다.

"드디어 신의 강림이 이뤄진다! 전군 진격! 위대한 라덴 왕국의 힘을 보여줘라! 남자는 모두 죽여라! 아이도 죽여라! 노인도 죽여라!"

"와아아아아아!

호랑이를 탄 검은 피부의 사람들이 항구 근처에 있는 사람들을 학살하기 시작했다. 그제야 정신이 번쩍 든 사람들은 라덴 왕국군을 피해서 도망쳤다.

그러나 한발 늦었다. 그들은 라덴 왕국군의 창과 칼에 모조리 죽임을 당하고 말았다.

라덴 왕국의 검은 함선이 항구에 정박하기 위해서 서서히 다가왔다.

"제, 젠장! 전쟁이잖아."

에코와 엘프들의 팔과 다리가 부들부들 떨렸다. 뒤로 넘어
져도 코가 깨진다더니 그들에게 닥친 일이 꼭 그것과 같았다.

전격적으로 전혀 예상하지 못한 곳에서 라덴 왕국의 침공
이 시작된 것이다.

딸깍.

에코는 포션이 들어 있는 가방을 흙바닥에 떨어뜨렸다.

'젠장, 아버지께 약을 갖다 드려야 하는데.'

그녀의 머리 위로 가공할 피어를 내뿜는 거대한 호랑이 이
빨이 덮쳐 오고 있었다.

                    *   *   *

헬리온 백작의 성.

대귀족답게 성은 무척이나 크고 아름다웠다. 성 주변으론
거대한 해자가 둘러져 있었다. 해자 안에는 수많은 물고기가
돌아다니고 있었다. 해자라기보다는 큰 연못처럼 보였다. 하
지만 전투가 벌어지면 해자는 막강한 방어력을 자랑하는 함
정으로 돌변할 것이다.

헬리온 백작의 집무실 역시 무척이나 컸다. 최대 서른 명까
지 자리에 앉을 수 있는 긴 탁자가 놓여 있었다.

집무실 안은 사람들로 가득했다. 사람은 많지만 열기 따위

는 느껴지지 않았다. 모두의 얼굴이 딱딱하게 굳어 있었다.

헬리온 백작 역시 안색이 안 좋기는 마찬가지였다.

톡톡톡톡.

헬리온 백작은 손가락 끝으로 탁자를 두드렸다. 골치가 아픈지 한쪽 손으로는 이마를 쿡쿡 눌렀다.

"짐작은 하고 있었지만… 놈들의 움직임이 시작되었다는 말이지?"

이윽고 헬리온 백작이 입을 열었다. 그는 곤을 바라봤다. 이곳에는 곤과 헤즐러 자작, 안드리안이 참석해 있었다.

"놈들이 이곳까지 도달하는 데 걸리는 시간은 얼마나 될 것 같은가?"

"길어야 한 달입니다."

"한 달이라…….."

한 달이면 긴 시간이 아니다. 그렇다고 짧은 시간도 아니었다. 한 달이면 아슬란 왕국의 국왕을 설득하여 군사를 일으킬 수가 있었다. 검사의 나라 아슬란. 그 저력은 막강했다.

모든 국력에서 상대가 되지 않는 제국을 상대로 한 치도 물러서지 않는 것만 봐도 아슬란 왕국의 잠재력을 알 수 있었다.

하지만 그런 아슬란 왕국이라도 방비를 하지 않으면 위험했다. 아무리 강하다고 하더라도 뒤통수를 제대로 맞고서는 싸울 수가 없을 테니까.

지금까지 병신처럼 웅크리고 세상의 눈에서 숨어 있던 놈들에게 급소를 맞고 싶은 생각은 추호도 없었다.

"자네의 생각은 어떠한가?"

헬리온 백작은 다시 물었다.

곤은 고개를 돌려 헤즐러를 보았다. 곤이 헤즐러를 보자 집무실에 있던 모습 사람들의 시선이 소년에게 쏠렸다.

헤즐러는 살짝 볼을 붉힌 후 헛기침을 몇 번 하고는 자신이 생각하고 있던 바를 헬리온 백작에게 전달했다.

"저는 공성전을 선택했으면 합니다."

"공성전?"

"네."

"우리 대아슬란 왕국의 전사들에게 공성전을 선택하라고? 아직 상대의 병력이 얼마나 되는지 알지도 못하는 상황에서? 그건 우리 전사들에 대한 모욕일세."

"제가 말하는 공성전은……."

헤즐러는 헬리온 백작의 압도적인 기운 앞에서도 차분하게 자신의 생각을 또박또박 뱉어냈다.

헬리온 백작과 가신들은 헤즐러가 어린 소년이라고 하여 무시하거나 얕보지 않았다. 그들은 자신들과 헤즐러를 동등한 입장에서 대우를 하며 소년의 말에 귀를 기울였다.

의견이 오고 갔다.

처음에는 반신반의하던 헬리온 백작과 가신들의 얼굴이 조금씩 밝아졌다.

헤즐러의 말이 모두 끝났을 무렵에는 집무실에 앉아 있던 모든 사람의 표정이 훨씬 밝아졌다. 그리고 헤즐러를 바라보는 눈빛도 변했다.

사실 헬리온 백작과 그의 가신들은 은연중 헤즐러를 운이 좋아서 가문을 지킨 꼬마 영주 정도로 생각하는 경향이 없지 않았다.

곤이라는 걸출한 사내가 없었더라면 영지는 순식간에 파탄이 났을 것이라는.

물론 그것도 맞는 말이었지만, 그렇다고 헤즐러가 능력이 없는 것은 아니었다. 아직 어려서 자신의 재주를 펼칠 기회가 없었을 뿐이다.

소년은 곤을 사부로 모시면서 많은 것을 배웠다. 소년은 세상을 알았고 성숙해졌다. 예전의 겁 많고 소심한 소년이 아니었다.

비록 두려움은 있을지언정 물러섬은 없었다.

하여 짧은 시간 동안 변한 헤즐러를 보며 헬리온 백작과 가신들은 감탄했다.

"호, 나쁘지 않은 계획이구나. 네가 생각한 것이냐?"

헬리온 백작이 헤즐러에게 물었다.

"제가 생각하기는 했지만 사부님이 없었다면 완성하지는 못했을 겁니다."

헤즐러는 사춘기 소년처럼 수줍은 목소리로 대답했다.

"명석하구나. 좋은 군주가 될 자질이 있다."

"칭찬 감사합니다."

"선생님께서는 어떻게 생각하십니까?"

헬리온 백작은 좌측에 앉아 있는 머리가 하얀 노인을 바라봤다. 머리만 하얀 것이 아니었다. 수염과 눈썹도 눈이 내린 것처럼 새하얗다. 그가 입고 있는 옷까지.

곧이 보기에는 우화등선한 신선처럼도 보였다.

그의 이름은 린다맨, 나이는 환갑에 가까웠다. 겉으로 보기에는 온화해 보이지만, 사실은 무척이나 다혈질인 마법사였다. 과거 자신을 음해한 세력을 잡기 위해 혼자서 마법의 탑에 뛰어들어 쑥대밭으로 만든 유명한 일화가 있을 정도였다.

신념이 투철하고 의지가 뚜렷했다.

헬리온 백작의 멘토이기도 한 인물이다.

"조금만 보완한다면 꽤 그럴듯한 계획이 될 듯하네."

린다맨이 긍정의 뜻을 표하자 헬리온 백작은 입가에 미소를 띠며 고개를 끄덕였다.

"좋아, 모두 들었지? 오늘 밤을 새워 작전을 계획한다. 작

전이 완성되면 나는 곧장 수도에 가서 폐하를 만나 뵙고 오겠
다.”

헬리온 백작의 말에 집무실에 앉아 있던 모두가 고개를 끄
덕였다.

그때였다.

집무실 문이 벌컥 열리며 젊은 기사가 얼굴이 하얗게 들떠
서 뛰어들어 왔다. 영주의 집무실을 노크도 없이 여는 것은
무척이나 실례되는 행위이다. 성격이 나쁜 영주라면 기사 자
격을 박탈당할 수도 있었다.

집무실에 있던 사람들이 눈살을 찌푸리며 젊은 기사를 바
라봤다.

“무슨 일인가?”

섬광의 기사 부루스의 음성에는 은은한 노기가 서려 있었
다.

“크, 큰일이 터졌습니다.”

“큰일? 그게 무슨 소리냐? 자세히 말해보도록!”

“라덴 왕국이 해양도시 콴을 침공했습니다. 이미 해양도시
콴과는 연락 두절. 생존자들의 말에 의하면 라덴 왕국이 이미
도하를 시작했다고 합니다.”

젊은 기사의 말에 모두의 얼굴이 딱딱하게 굳었다. 최소한
한 달의 시간이 남았다고 생각했건만 놈들은 예상보다 훨씬

빠르게 전쟁을 일으켰다.

"해양도시 콴이라고?"

헬리온 백작은 허리를 젖히며 의자에 등을 묻었다. 조금 전까지만 하더라도 희망은 있었는데……. 다시금 머리가 아파온다. 아슬란 왕국을 먹여 살리는 젖줄과 같은 해양도시 콴이 그렇게 됐다면 굳이 그가 수도까지 가서 왕을 만날 필요가 없었다.

이미 그곳도 난리가 났을 것이다.

지금쯤이면 사태를 어떻게 수습해야 할지 중앙정부는 발칵 뒤집혔을 터. 이곳에서 자신의 일만 생각하면 된다.

"해양도시 콴에서 이곳까지의 거리는?"

헬리온 백작이 부루스에게 물었다.

"전령이라면 열흘, 하지만 군대가 움직이는 것이라면 한 달 이상 소요될 것입니다."

"한 달이라……. 우리는 시간을 벌었지만, 아슬란 왕국 동부는 초토화되겠군."

"아마도……."

"좋아, 그럼 우리도 서두른다. 곧."

"네, 백작 각하."

"자네도 최선을 다해주게."

"알겠습니다."

곤은 고개를 끄덕였다.

"크, 큰일 났습니다."

다른 기사가 다급하게 집무실로 뛰어들어 왔다. 그 역시 조금 전의 젊은 기사처럼 얼굴이 하얗게 떠 있었다.

"또 무슨 일이냐!"

부루스가 외쳤다.

갑작스럽게 정신없이 몰아치는 급보는 헬리온 백작뿐만 아니라 린다맨과 다른 사람들의 마음을 어둡게 만들었다.

"제, 제국이!"

"제국이 뭐?"

"주변 국가들을 침공하기 시작했습니다."

쿵!

모두의 심장이 바닥으로 떨어지는 느낌이 들었다. 라덴 왕국과 제국의 동시다발적인 침공. 이것은 결코 우연의 산물이 아니었다.

두 국가가 모종의 협약을 맺었음이 분명했다. 그렇지 않고서는 수많은 이해관계가 얽힌 외교 관계에서 이런 일은 결코 벌어지지 않았다.

놈들은 의도가 무엇이건 이 일로 인해서 멸망하는 국가가 필시 나올 것이다.

수백 년간 지속되어 오던 중앙대륙과의 힘의 관계.

그것이 오늘부로 깨지려고 한다.

집무실에 있던 사람들은 망연자실한 표정을 지을 수밖에 없었다.

*   *   *

기간은 촉박했다.

헤즐러 자작의 모든 영지민이 헬리온 백작의 영지로 이동하고 있었다. 그들에게 떨어진 긴급 명령은 단 하나, 두 시간 내로 피신할 준비를 맞추라는 것이었다.

4천 명에 가까운 영지민이 기사들과 병사들의 인솔에 따라 일사불란하게 헬리온 백작의 영지를 향해서 움직였다.

"근데 참말인겨? 전쟁이 벌어진다는 것이?"

허리가 반쯤 굽은 란 할머니가 홀에게 다가와 물었다. 약 200명 정도의 피난민을 이끌고 있던 홀이 란 할머니를 보았다.

란 할머니의 뒤에는 다섯 명의 어린 손자가 아무것도 모른 채 장난을 치면서 걷고 있었다. 란 할머니의 아들과 며느리는 늙은 말이 끄는 작은 마차를 지켰다.

"전쟁은 이미 일어났어요."

홀은 솔직하게 말해주었다. 전쟁은 영지전과는 차원이 다른 문제였다. 왕국에 소속된 사람이라면 누구도 피해 갈 수가 없었다.

"그럼 우리 다 죽는 겨?"

"아니에요, 할머니."

홀은 란 할머니를 보며 빙그레 웃었다.

"우리한테는 곧 님이 계시잖아요. 우리 모두를 살려주실 거예요."

"우리 모두를?"

"음, 모두는 아니라도… 반은 살아남지 않을까요?"

"반이나……."

"전쟁에서 그 정도면 엄청난 거라고요. 아니면 그 이상일지도. 무슨 방도가 있으니까 우리를 다른 영지로 이동시키는 것이겠죠."

"저, 정말 살 수 있을까?"

"당연하죠."

홀은 자신의 뒤를 따라오고 있는 마을 사람들을 보았다. 겁을 먹고는 있지만 그렇다고 표정이 어둡거나 공포에 질리지는 않았다.

아직 저들은 살 수 있다는 희망을 놓고 있지 않은 것이다.

아이들이 뱀과 개구리를 잡아서 놀고 있다. 사내아이들은 나무 막대기로 기사 놀이를 하기도 했다.

"저 아이들이 망가지는 세상은 오지 않을 거예요. 그렇게 믿어요."

홀의 말을 듣고 조금은 안심했을까. 란 할머니는 그의 손바닥에 집에서 만든 빵을 건네주고 제자리로 돌아갔다.

아침부터 부지런히 출발한 덕분에 해가 떨어지기 전에 홀과 마을 사람들은 헬리온 백작 영지에 도착할 수가 있었다. 사람들은 조금 겁을 먹은 표정으로 주위를 두리번거렸다. 대부분의 사람들이 마을을 떠난 적이 한 번도 없었다. 그렇기에 다른 마을 사람들과 섞여서 지내야 한다는 것이 여간 부담스럽지 않았다.

그것은 헬리온 백작의 영지민들도 마찬가지였다. 그들은 힐끗거리며 계속해서 영지로 들어오는 헤즐러 자작가의 사람들을 바라보았다.

영지는 입구에서부터 작업이 한창이었다.

수도나 전략 요충지였다면 영지 전체를 성곽으로 둘렀겠지만, 아쉽게도 이곳은 아니었다. 성곽을 쌓기 위해서는 천문학적인 돈이 든다.

물론 리치 킹의 던전에서 엄청난 자금을 확보하기는 했지만 성곽을 쌓기에는 시간이 촉박했다. 성곽을 쌓으려면 최소 5년 이상의 시간이 걸린다.

그렇지만 전쟁이 벌어진 이상 이대로 있을 수는 없었다.

사람들은 영지 곳곳에 함정을 팠다. 사람이 죽을 정도는 아니었다. 상처를 입을 정도의 그런 함정. 하지만 가랑비에 옷이 젖듯이 부상자가 많으면 적의 진군도 느려질 수밖에 없었다.

또한 도로를 최대한 망가뜨렸다.

어느 왕국이든 최대의 무력 집단은 기사단이다. 기사단은 단순히 강한 것만이 아니었다. 기동성 또한 보병들과는 차원이 달랐다. 그들의 발을 조금이라도 묶기 위해서는 기마가 다니기 어려운 길을 만들어야 했다.

아쉬운 것이 있다면 곧 수확철이라는 것.

농부들의 피와 땀이 빛을 보지 못할 수도 있었다. 부디 이번 전쟁에서 밀과 보리가 무사히 살아남아 주길 바랄 수밖에.

홀은 마을 사람들을 데리고 헬리온 백작 성으로 향했다.

이미 상당수의 영지민들이 도착해 있었다. 남자들은 성 근처에서 천막을 쳤고 여자들은 저녁을 준비했다.

4천 명이나 되는 인원이 기거해야 하기에 천막은 상당히 많이 필요했다.

"어이, 왔어?"

샘이 홀을 발견하고 손을 들었다.

홀은 고개를 끄덕였다. 샘은 다른 마을에서 350명의 영지

민을 데리고 이곳으로 왔다. 보아하니 홀보다 몇 시간 전에
도착한 듯했다.

"트러블 일으키는 사람은 없었어?"

홀은 마을 사람들이 기거할 곳을 선정해 준 후 샘에게 와서
물었다. 헤즐러 자작의 영지민들은 순순히 이곳까지 거처를
옮겼다.

하지만 리토스 자작 영지민들은 아직 완전히 융합되지 않
았다. 종종 마을 분위기를 흐리는 자들이 나타났다.

"염병할, 왜 우리가 좋은 집 놔두고 이곳까지 와서 개고생
을 해야 돼? 씨발, 그럼 돈을 내놓으라고, 돈을!"

저자처럼.

건장한 체구의 사내가 바닥을 발로 차며 병사들에게 욕설
을 내뱉었다.

"병신이네, 저거."

홀이 비웃음을 흘렸다.

평시에 곤은 병사들에게 절대 영지민을 건드리지 못하게
했다. 그 명령을 어기면 지위 고하를 막론하고 엄하게 책임을
물었다.

하지만 지금은 전시.

헤즐러 자작의 이름으로, 곤의 명령으로 분란을 일으키는
어떠한 자도 군법으로 다스릴 수가 있었다.

곤은 전 기사와 병사에게 즉결처분권이라는 막대한 권한을 위임했다.

역시나,

빠악!

두 명의 병사에게 얼굴을 맞은 사내가 바닥으로 나뒹굴었다.

"으으으악! 씨발새끼들! 병사라는 것들이 사람 잡네! 나 좀 도와줘요! 저 새끼들을 잡아서 족치자고요!"

사내가 사람들을 향해서 소리쳤다. 하지만 사람들은 잔뜩 겁을 먹은 표정으로 도움의 손길을 내놓지 않았다.

"첫째, 사람들을 선동하지 말 것!"

병사들은 몽둥이를 들고 인정사정없이 사내를 내려쳤다.

빡! 빡! 빡!

피가 튀고 뼈가 부러지는 소리가 똑똑히 들렸다.

"둘째, 영지민들으로서 의무를 다할 것."

빡! 빡! 빡!

사내는 머리를 양손으로 감아쥔 채 빌기 시작했다. 잘못했다고, 죄송하다고. 그렇지만 구타는 멈추지 않았다.

"셋째, 지금이 전시라는 것을 잊지 말 것!"

빡! 빡! 빡!

"사, 살려주세요. 다, 다시는 안 그럴게요."

"마지막으로, 씨발새끼야, 우리가 오냐오냐 해줬더니 좆으로 보이냐. 어디서 앵기고 지랄이야, 지랄은."

그제야 병사들의 구타가 멈췄다. 의식을 잃은 사내는 그의 친구들이 나와서 조심스럽게 데리고 들어갔다. 그들의 눈초리가 좋지 않았다.

"저렇게 심하게 해도 되나?"

병사들의 험한 손길을 보며 홀이 샘에게 물었다.

"어쩔 수가 없어. 아직 리토스 자작 영지민들은 우리에게 앙금이 남아 있다고. 하여간 웃기는 놈들이야. 세금도 훨씬 낮춰줬구만 왜 우리 영주님에게 앙심을 품고 있는지 모르겠다니까."

"그거야 떡고물이 떨어진 사람들에 한에서겠지. 영주가 누구인지 관심이 없는 자가 대부분이야."

"하긴. 그래도 조심해야 돼. 저런 자식이 분명히 우리를 배신한다고. 눈초리 봤잖아."

"그것도 그렇군. 하여튼 항상 조심하라고."

"명심하지."

"그럼 난 가네."

"어딜?"

"도착했으니 보고하러 가야지."

"아, 그렇군."

"그럼 나중에 보자고."

홀은 샘에게 손을 흔들고는 곤이 있는 천막으로 걸음을 옮겼다.

                    *   *   *

헬리온 백작과 린다맨, 곤은 영지를 돌아보고 있었다.

영지의 모든 경제생활이 멈춘 상태였다. 영지민도 어쩔 수가 없다는 것은 알고 있었다. 그래도 그들은 영주에게 고마웠다.

어떤 영주들은 영지민 따위의 안위는 안중에도 없었다. 영지민을 화살받이로 내모는 잔혹한 영주도 있었다.

그런 영주에 비해 헬리온 백작은 하늘에서 내려준 신인이나 다름없었다.

헬리온 백작은 모든 피해를 보상해 주기로 약속했다.

"토성인가요?"

곤이 헬리온 백작에게 물었다.

"맞아. 1차 방어선인 셈이지. 저것으로 적을 조금이라도 줄일 수만 있다면 남는 장사지. 이쪽의 피해만 없다면."

헬리온 백작의 성이 전투의 중심이 될 것이다. 성은 해자로 둘러싸였지만 그것만으로는 부족했다. 영지민들은 흙을 끌어모아 5미터 높이의 토성을 쌓고 있는 중이다. 토성 주위로는 함정이 가득했다. 일차적으로 토성을 쌓는 이유는 기마병의 전진을 막기 위함이다.

해자 역시 독을 가득 풀었다. 지금껏 해자에서 살던 많은 물고기가 떼죽음을 당했지만 어쩔 수가 없었다.

"자네도 준비가 잘되어가나?"

이번에는 헬리온 백작이 곤에게 물었다.

"오늘 저녁에 출발할 겁니다."

"자네에게 모든 것이 걸려 있네."

"백작님께서 버텨주셔야 그것도 가능합니다."

라덴 왕국군이 아슬란 왕국의 항복을 받아내려면 왕을 잡아야 한다. 왕이 있는 수도로 가기 위해서는 헬리온 백작의 영지를 반드시 거쳐야 했다. 다른 길이 있기는 하지만 시일이 오래 걸렸다.

더군다나 수도로 가는 길에는 두 개의 관문이 더 있었다.

왕국을 떠받치는 두 명의 투신이 지키고 있는 그곳이.

문제는 라덴 왕국군이 한 곳으로만 침공을 시작하지 않았다는 것. 세 개로 나눠진 군대가 빠르게 수도로 접근하고 있었다. 그중에서 주공이 무엇인지는 알 수가 없었다. 병력은 비슷하지만 가장 강력한 무기를 숨긴 주공이 어딘가에 반드시 있을 터였다.

"해봐야지. 어떻게 뒤통수를 맞을지 모르지만 버티면 승산은 우리에게 있어."

곤은 고개를 끄덕였다.

제국과 라덴 왕국의 전격전으로 인해서 대륙은 요동치고 있었다.

제국은 아이크 왕국과 3공국 연합체를 동시에 쳐들어갔다. 누구도 제국이 전쟁을 일으킬 것이라고는 여기지 않았다. 제국은 왕조가 바뀌었다. 당연히 내실을 다지기 위해 최소 10년간은 조용할 것이라 사람들은 생각했다.

하지만 그들은 모두의 예상을 뛰어넘었다.

제국은 대륙에서 가장 약한 국력을 가지고 있는 3공국 연합체를 전격적으로 침공한 후 북의 호랑이라고 불리는 아이크 왕국까지도 쳐들어갔다.

해상왕국이 뱃길을 내줬다는 소문도 있었다.

아이크 왕국은 콘고 공화국과 동맹 관계였다. 당연히 콘고 공화국은 아이크 왕국을 돕기 위해서 파병을 결의했다.

콘고 공화국에서 3만의 병력을 파병한 순간,

라덴 왕국이 콘고 공화국과 아슬란 왕국을 동시에 친 것이다.

베일에 가려 있는 라덴 왕국의 군대. 사실 모든 왕국이 그들을 그다지 신경 쓰지 않았다는 말이 옳을 것이다. 하지만 모습을 드러낸, 오랜 시간 전쟁을 벌이기 위해서 칼을 갈아온 그들의 전력은 무시무시했다.

검사의 나라라고 불리는 아슬란 왕국조차 파죽지세로 몰리는 지경이었다.

하지만 지구전으로 가면 아슬란 왕국과 콘고 공화국이 유리한 것이 사실이다.

일단 라덴 왕국은 보급선이 너무도 길었다. 그들이 단기간에 전쟁을 마무리하지 않으면, 혹은 가을이 지나 겨울에 돌입하게 되면 라덴 왕국으로서는 사면초가에 놓이게 될 것이다.

그 사실은 모든 왕국이 알고 있었다.

그렇기 때문인지 제국과 라덴 왕국은 침공한 나라들을 정신없이 몰아쳤다.

"그럼 전 이만 가보겠습니다. 무사하시길."

곤은 헬리온 백작과 린다맨을 보며 고개를 숙였다. 그들은 고개를 숙여 곤의 인사를 받았다.

곤이 등을 돌려 성으로 향하고 있을 때, 정찰을 나간 몇몇 병사들이 다급하게 뛰어왔다. 그들은 곤을 본체만체하며 옆으로 스쳐 지나갔다.

그들의 표정으로 보아 그다지 좋지 않은 일이 벌어졌음을 알 수 있었다.

"바, 방벽이 무너졌습니다."

"뭐? 스트롱 공작 각하가?"

방벽은 아슬란 왕국의 다섯 투신 중에서 한 명인 스트롱 공작을 지칭하는 말이다. 스트롱 공작은 다른 투신들에 비해서 수성전에 능했다. 지금껏 그가 지휘하는 어떤 성도 뚫린 적이 없었다.

신출귀몰한, 경이로운 수성 능력을 가진 자가 바로 스트롱 공작이었다. 당연히 왕국을 보호하는 최강의 기사이기도 했다.

하여 사람들은 그를 가리켜 통곡의 방벽이라고 불렀다.

헬리온 백작조차 한 수 접어주는 그런 스트롱 공작이 패한 것이다.

"마, 말도 안 돼."

스트롱 공작이 무너졌다는 것은 왕국의 수도가 위험에 처했다는 것과도 같았다.

이제는 시간과의 싸움이었다.

헬리온 공작이 곤을 향해서 소리쳤다.

"머뭇거릴 시간이 없네! 서둘러 줘야겠어! 잘못하면… 한 달 안에 모든 것이 정리될 수 있네!"

Chapter 6. 폭풍 전야

코스비와 여섯 명의 레인저는 헬리온 백작가의 영지에서 약 50킬로미터 떨어진 지점에서 라덴 왕국군의 진격을 지켜보고 있었다.

그들은 이미 도로를 철저하게 파괴시켜 둔 상태였다. 그들의 노력이 통했는지 라덴 왕국군의 진격을 조금이나마 늦출 수가 있었다.

"얼마나 됩니까?"

레인저 한 명이 코스비에게 물었다.

"쉿, 조용히."

코스비는 망원경을 들고 능선을 따라 진군하고 있는 라덴 왕국군을 보았다. 라덴 왕국군의 숫자는 끝이 보이지 않았다. 어림잡아 4만 정도. 1개 군단 급의 규모였다. 헬리온 백작의 영지는 예비 병력까지 포함하여 1만 명이 조금 넘는다. 수성 전을 하는 입장이기에 저 정도의 숫자라면 충분히 막아낼 수가 있었다.

문제는 기마병이 보이지 않았다. 기마 대신 자리를 차지한 것은 거대한 도마뱀의 모양을 한 몬스터 바실리스크였다. 라덴 왕국의 기마병은 바실리스크를 몰고 있는 것이다.

코스비는 이런 경우가 처음이었다. 몬스터를 조종하다니. 어느 대륙에 가도 이런 모습은 볼 수 없을 것이다.

과연 기마병이 저들을 당해낼 수 있을까? 맞붙어보기 전에는 아무도 모른다. 그러나 단 한 가지만은 확실했다. 아무리 전장에서 잔뼈가 굵은 기마라고 하더라도 중형 몬스터에 속하는 바실리스크 앞에서는 평정심을 유지하기가 쉽지가 않을 것이다.

언뜻 보이는 바실리스크의 숫자만 천 기가 넘어갔다. 그 외에도 라덴 왕국 놈들은 정체를 알 수 없는 기이한 병기와 몬스터들을 데리고 나타났다.

"서둘러 복귀하자. 제대로 방비하지 않는다면 손도 쓰지 못하고 당할 수가 있다."

코스비는 엎드린 채 뒤로 물러났다. 그를 보호하던 레인저들 역시 낮은 포복으로 그 자리를 떴다.

*　　　*　　　*

헬리온 백작 영지.

가볍게 차려입은 백 명의 사람이 마지막으로 가족을 만나고 있었다.

이들은 모두 곤과 함께 사지로 떠날 자들이다. 헤즐러 자작 가문 소속 백 명의 기사들과 헬리온 백작이 지원해 준 백 명의 기사.

이번 작전의 핵심 인물들이다.

그리고 과연 몇 명이나 돌아올지 기약할 수 없는 사람들이기도 했다.

백 명의 기사는 곤이 심혈을 기울여 키운 기사들이다. 헤즐러 자작 가문의 9할 이상 되는 전력이라고 할 수 있었다. 만약 이들이 돌아오지 못한다면 헤즐러는 엄청난 타격을 입게 된다.

그럼에도 그들은 떠나야 했다.

영지와 가족을 지키기 위해서.

헤즐러는 곤의 손을 꼭 쥐고 있었다. 금방이라도 울음을 터뜨릴 것 같은 얼굴이다.

"스승님, 정말 떠나시는 건가요?"

소년 영주가 마음에서부터 가장 의지하고 있는 사람은 곤이었다. 물론 두 노기사와 가신들도 믿기는 하지만, 믿는 것과 의지하는 것과는 엄연히 별개의 감정이었다.

곤이 있음으로 해서 헤즐러는 두 발을 뻗고 잘 수 있었고, 어떤 상대가 위협을 하더라도 당당하게 맞설 수가 있었다.

바로 곤이 자신을 지켜주기에.

당연히 그가 있는 것과 없는 것은 소년에게는 천지 차이였다. 일단 그가 전쟁에 참여하기 위해 영지를 떠난다는 말을 듣는 순간부터 헤즐러는 기가 죽었다. 곤이 그런 헤즐러를 다독였지만 나아지지는 않았다.

이 문제만큼은 곤이 어떻게 할 수 있는 문제가 아니었다. 오직 헤즐러 본인이 이겨내야 할 문제였다.

곤은 한쪽 무릎을 꿇고 헤즐러와 눈을 맞췄다. 헤즐러는 순한 양의 눈빛으로 곤을 바라봤다. 눈동자가 마구 흔들렸다. 소년의 심리가 얼마나 불안정한지 보여주고 있다.

"헤즐러."

"네, 스승님."

"너의 뒤에 있는 수천 명이 넘는 영지민이 보이느냐?"

곤의 말에 헤즐러는 슬쩍 뒤를 돌아보았다. 많은 영지민이

힐끗힐끗 소년을 바라보고 있다. 그들은 소년을 불안한 듯 쳐 다봤다.

"네, 보입니다, 스승님."

"저들은 나를 보고 있느냐, 아니면 너를 보고 있느냐?"

"저를 보고 있는 듯싶습니다."

"너를 보고 있는 듯한 것이 아니라 너를 보고 있는 것이 다."

"그렇습니까."

"왜 너를 보고 있는지 아느냐?"

"잘 모르겠습니다."

"네가 바로 저들의 아버지이기 때문이다."

"제, 제가요?"

"그렇다."

"저는… 스승님보다 훨씬 약한데……."

헤즐러는 자신이 없다는 투로 고개를 숙이며 말을 줄였다. 너무나 강한 스승을 두었기에 생긴 폐해였다. 높은 산이 우뚝 가로막고 있기에 자신이 얼마나 성장했는지 눈치채지 못하는 것이다.

곤은 늦게나마 그것을 눈치챘다. 그렇기에 헤즐러의 홀로 서기를 도와줘야 했다.

"저들을 봐라."

곤은 상급 기사들을 가리켰다. 그들은 전쟁에 나간다고 하는데도 웃고 떠들며 긴장감이라고는 전혀 없었다.

"용병, 아니, 상급 기사들이죠."

"맞다. 나는 저들의 아버지다. 하지만 영지민의 아버지는 너다. 아버지는 어찌 행동해야 하느냐?"

"약한 모습을 보여서는 안 됩니다."

"맞다. 아버지는 자식들 앞에서 약한 모습을 보이면 안 된다. 네가 약한 모습을 보이면 자식들은 불안해한다. 어떤 상황에서도 강한 모습을 보여줘야 한다."

"알겠습니다, 스승님."

헤즐러는 뭔가 깨달았다는 듯이 작은 입술을 꼭 깨물며 고개를 끄덕였다.

"이제부터 전쟁이 끝날 때까지 누구도 너를 도와주지 못한다. 하여 너는 성장해야 한다. 세상과 맞서서 홀로 싸워야 한다. 너의 성장한 모습을 보여다오."

"명심, 또 명심하겠습니다."

두 사제지간의 모습을 두 노기사 스톤과 에리크는 흐뭇한 표정으로 바라보고 있었다.

그들과 조금은 떨어진 거리.

로즈가 씽에게 다가왔다.

"씽."

씽은 이미 그녀가 자신에게 다가오는 것을 눈치채고 있었다.

"응."

언제나 그렇지만 씽은 짧게 대답했다.

"이거 가지고 가."

로즈는 보자기로 싼 뭔가를 건넸다.

"도시락."

"도시락?"

"응, 한 끼밖에 안 되지만."

"으음."

씽은 난처한 표정을 지었다. 로즈의 마음을 생각하면 받아야 옳다. 하지만 다른 사람들에게 놀림감이 될 수도 있었다. 특히 곤이 놀린다면 쥐구멍에라도 들어가야 할 듯싶었다.

"왜, 싫어?"

씽의 표정을 대번에 눈치챈 로즈가 삐친 표정을 지었다.

"아, 아니, 고마워."

씽도 바보는 아니다. 여기서 매몰차게 거절할 수는 없었다. 그는 도시락을 받아서 옆구리에 끼었다.

"그리고 이건……."

로즈는 주변을 살펴본 후 그들을 보고 있는 자들이 아무도 없자 녹색빛이 감도는 보석이 박혀 있는 목걸이를 걸어주었다.

"그건 뭔데?"

"부적이야."

"부적?"

"응. 나는 신을 믿지 않지만… 이번만큼은 신께 빌었어. 씽이 무사히 돌아오기를."

"이런 것 없어도 나는 강해."

"누가 약하대? 네가 강한 것은 영지 사람이라면 모두 알아. 하지만 전쟁은 강한 자가 살아남는 것이 아니라고 그랬어."

"누가?"

"우리 아버지가."

"그럼 누가 살아남는 건데?"

"우리 아버지 말씀이… 전쟁은 강한 자가 살아남는 것이 아니라 살아남는 자가 강한 것이라고 했어. 그러니까… 당신에게는 운도 좀 필요해."

"이 부적이 나에게 운이 되어줄 것이란 말인가?"

"그랬으면 좋겠다는 거지."

그녀의 마음씀씀이가 고마운 씽이었다. 그는 로즈의 손을 잡았다. 힘든 일을 해서인지 귀여워 보이는 얼굴과는 다르게 손바닥에 굳은살이 딱딱하게 박여 있다.

"살아서 돌아올게."

"정말이지?"

로즈는 촉촉하게 젖은 눈빛으로 씽을 바라봤다. 그 모습이 너무도 안쓰럽고 귀여워 당장에라도 안아주고 싶었다.

"당연하지. 나는 씽이야. 쉽사리 죽지 않는 남자지."

"믿을게."

로즈는 씽의 품으로 뛰어들었다. 비에 젖은 강아지처럼. 씽은 엉겁결에 그녀를 안고 말았다.

"휘이! 씽 님, 보기 좋습니다!"

"와우! 로즈 아냐? 씽 님과 그렇고 그런 사이였어? 대단한데!"

몇몇 상급 기사들이 그런 씽과 로즈를 보며 놀렸다. 그들 모두 씽의 성격이 어떤지 알고 있다. 그를 놀린다는 것은 상상조차 하지 못한다. 하지만 지금은 분위기가 달랐다. 씽을 놀릴 수 있는 절호의 기회라 느낀 상급 기사들이 휘파람을 불면서 날을 잡았다는 듯이 오그라드는 소리를 마구 날려댔다.

씽은 주먹을 쥐어 보였지만 기사들은 혀까지 내보이며 더욱 날뛰었다.

길게 한숨을 내쉰 씽은 품 안에 있는 로즈를 부드럽게 안아주었다.

레빗은 군장을 정리하고 있었다. 놀랍게도 2백 명 전원에게 마법 주머니가 보급되었다. 아무리 하급이라도 하더라도 마법 주머니는 고가의 마법 물품이다. 아무리 예산이 많다고 하더라도 이토록 많은 주머니를 다른 부대에서는 나눠 줄 수가 없었다.

사선으로 가는 그들이기에, 다시는 돌아올 수 없는 길을 가는 그들이기에 곤과 헬리온 백작은 엄청난 거액을 뿌려서 그들에게 최고의 장비를 지급했다.

레빗이 가진 마법 주머니에는 반년 치에 해당하는 물과 음식이 들어가는 것은 물론이거니와 수십 가지의 상비약, 포션, 비밀 병기들을 가득 넣을 수가 있었다.

"대단한데?"

레빗은 곤이 준 최상급 마법검 윈드 래피드를 이리저리 살펴보았다. 예전에 그녀가 쓰던 것과는 차원이 다른 검이었다.

일단 마나를 주입하지 않고도 마법이 실현되었다. 즉 휘두르기만 해도 1서클의 윈드 마법이 발사되는 것이다. 크게 상처는 입힐 수 없다고 하더라도 상대방 입장에서는 여간 까다로운 일이 아닐 수 없었다.

또한 마나를 미리 주입시켜 놓으면 최대 5서클 마법까지 3회에 한해서 사용할 수가 있었다.

세상 누구라도 가지고 싶어 하는 마법 아이템이다. 돈으로는 환산 자체가 불가능했다. 부르는 것이 값이었다.

"무슨 좋은 일 있어?"

누군가 레빗의 옆에 와서 털썩 앉았다.

"깜짝이야!"

놀란 레빗이 옆에 앉은 사내를 보았다. 그는 헬리온 백작의 장남인 칼리온이었다. 리치 킹의 던전 발굴 이후 레빗과 칼리온은 꽤 친해졌다. 비록 소속된 영지는 다르지만, 가끔 만나면 술도 먹고 밥도 먹고 하는 사이 정도는 되었다.

물론 하룻밤을 지새운 것은 아니다.

간혹 칼리온이 유혹을 하지만 레빗은 철벽 방어. 그녀는 나름 고지식하여 첫날밤만큼은 신랑이 될 사람과 함께하고 싶어 했다.

칼리온은 그녀의 의견을 존중해 주었다. 그 이후 다시는 술을 먹고 유혹하거나 치근덕거리지 않았다. 비록 귀족이지만 그런 품행이 레빗의 마음에 들었다.

"소리 좀 내고 와라."

레빗은 입술을 삐죽거리며 말했다. 그런 그녀의 모습이 귀여운지 칼리온은 빙그레 미소를 지었다. 손가락을 뻗어 레빗의 볼을 찌르기도 했다.

"장난하지 마."

"후후, 알았어. 그런데 그건 뭐야?"

"이거?"

레빗은 윈드 래피드를 들어 올리며 되물었다.

"응."

"마스터가 주신 마법검."

"예전에 네가 쓰던 것은?"

"그것도 마법검이지만 하급이었어. 그동안 생사를 같이해 와서 아깝기는 하지만, 일단은 킵해뒀어. 이 검이 월등하게 강하거든."

"오우, 좋은데?"

"그지? 당신은 아버지가 헬리온 백작 각하시니 나보다 더 좋은 것을 받았을 것 아니야."

"더 좋은 것 같지는 않고, 난 이걸 받았어."

칼리온은 차고 있던 검을 풀어서 레빗에게 주었다. 레빗은 검집을 들어보았다. 그녀가 가진 윈드 래피드보다 훨씬 무거 웠다. 크기로 보나 무게로 보나 바스타드 소드 같았다.

그녀는 검을 뽑지는 못했다. 일단 마법검이 주인을 인식하 게 되면 다른 사람은 검을 뽑지 못한다. 검을 뽑을 수 있는 것은 오로지 주인뿐이었다. 마법검을 차지할 수 있는 방법은 오로지 주인을 죽이고 다시 주인 의식을 행하는 수밖에 없었다.

레빗은 칼리온에게 다시 검을 주었다. 칼리온이 검을 뽑아 들었다.

'스르릉' 소리가 멋들어지게 울렸다.

특이하게도 칼리온의 마법검은 검신이 무척이나 붉었다. 석양을 연상시킨다고 해야 할까.

"와! 멋지네!"

"그렇지? 마법검의 이름은 레드 스톰. 1서클부터 5서클까지 시전자가 마음먹은 대로 불의 마법을 사용할 수가 있다는 군. 마법사의 주문 없이도."

듣자니 윈드 래피드와 비슷한 성능을 가진 최상급의 마법 아이템 같았다.

레빗은 다시 한 번 곤에게 고마운 마음을 가졌다. 자식에게나 주는 최상급의 아이템을 아무런 보답 없이 남에게 줄 수 있는 사람은 세상을 뒤져 봐도 몇 명 없을 것이다.

"그리고 이번 원정에 나도 가기로 했다."

칼리온이 말했다.

"뭐? 너도?"

전혀 의외의 말이었다. 칼리온은 헬리온 백작의 장남이다. 아무리 차남이 있다고 하더라도 가문을 이을 사람은 칼리온이었다.

당연히 그가 이곳에 남아서 헬리온 백작을 보좌해야 한다. 그것이 상식이고.

"왜?"

헬리온 백작이 칼리온을 사랑하는 것은 영지에 있는 사람이라면 모두가 알고 있다. 그렇다고 온실 속의 꽃처럼 싸고도는 것은 아니었다.

사자가 새끼를 절벽에서 떨어뜨리듯 헬리온 백작은 칼리온을 그렇게 키웠다. 가장 좋은 예로 그 위험한 리치 킹의 던전에 칼리온을 동행시킨 것이다. 헬리온 백작 진영에서 살아남은 사람은 헬리온 백작과 칼리온이 유일했다.

칼리온이 살아 돌아온 것은 거의 기적에 가까웠다. 그런데도 헬리온 백작은 자식을 다시 한 번 낭떠러지로 떨어뜨리려고 한다.

"아버지의 뜻이니까."

칼리온은 별일 아니라는 듯 헝겊으로 검날을 닦은 후 검집에 집어넣었다.

"지옥 굴로 들어가는데도?"

"지옥 굴이라니, 하나의 경험이지. 나는 아버지와 같은 기사가 되고 싶어. 아버지의 발뒤꿈치라도 쫓아갈 수만 있다면 무엇이든 할 수 있을 것 같아."

"당신, 아버지를 존경하는구나?"

"당연하지. 아버지의 등처럼 멋진 것이 어디에 있다고."

"후후, 좋네, 가족이라는 것은."

"너는 가족이 없어?"

"응, 나는 고아야."

"아, 미안."

"아니, 사실인데 뭐. 하여튼 이번 원정, 우리 꼭 살아남자."

"그래, 그러자고."

레빗과 칼리온은 서로를 보며 싱그러운 아침 햇살과 같은 부드러운 미소를 지었다.

몇 시간 후.

200명의 전사가 성을 빠져나갔다. 말을 탄 사람은 없었다. 전원이 마나를 다룰 줄 아는 기사들. 저 정도의 전력이 빠져나갔다는 것은 헬리온 백작 입장에서는 엄청난 타격이었다.

특히 곤과 그의 직속 수하들은 정말로 강했다. 그들과 맞상대할 수 있는 자는 헬리온 백작의 기사단원 중에서도 몇 명 되지 않을 것이다. 그들이 남아 있다면 분명 라덴 왕국군과의 전투가 훨씬 쉬워질 테지만 저들은 사지를 향해서 떠났다.

"괜찮으시겠습니까?"

헬리온 백작이 근심스러운 표정으로 사라져 가는 200명의 전사들을 바라보고 있자 섬광의 부루스가 조심스럽게 물었다.

"뭐가 말인가?"

헬리온 백작이 의아한 얼굴로 부루스를 바라봤다.

"칼리온 공자님……."

"홋, 나는 아들을 약하게 키우지 않았다."

"전쟁은 개개인의 강함과 약함으로 하는 것이 아닙니다. 모든 상황과 운, 작전, 지형 등 수많은 변수가 존재하지요. 더군다나 그들이 맡은 임무는 돌아오기 힘든 임무입니다."

"알지. 알지만 저들을 이끌고 있는 자는 곤이다."

"그자를 그렇게 믿으십니까?"

"믿는다……. 글쎄, 어찌 사람을 100퍼센트 믿을 수 있을까. 나는 그저 내 감을 믿고 곤이란 자의 생존 능력을 믿을 뿐이다. 하여 저들이 살아 돌아온다면 칼리온은 지금보다 몇 배나 강한 사내가 되어 있을 것이다."

잠시 뭔가를 곰곰이 생각하던 부루스는 고개를 끄덕였다. 어차피 저들은 떠났다. 더 이상 자신이 왈가불가할 수 있는 상황이 아니었다. 무사히 돌아오기를 비는 것만이 자신이 할 수 있는 일이었다. 괜한 말로 주군의 심기를 건드릴 필요도 없었다.

"그럼 내려가시지요. 준비가 다 되었습니다."

"그럴까."

헬리온 백작은 부루스의 뒤를 따라 성벽을 내려갔다. 성벽 아래에는 수만 명이 넘는 영지민이 모여 있었다.

전쟁이 벌어지면 모든 군주는 반드시 출사표를 던진다.

헬리온 백작도 마찬가지였다. 출사표를 던진다는 것은 이 번 전쟁에서 승리를 기원하는 제사와도 같았다.

헬리온 백작이 성벽에서 내려서자 영지민과 병사들이 양쪽으로 쫙 갈라졌다. 그는 그 사이를 걸어갔다. 그가 걷는 끝 자락에 3단으로 만든 제단이 있다.

제단 위로 올라간 헬리온 백작은 하늘을 향해서 세 번의 절을 올렸다. 절이 끝나자 부루스 단장이 황금으로 늑대가 그려져 있는 양피지를 건넸다.

헬리온 백작은 양피지에 적힌 글을 읽기 시작했다.

"대제께서 아슬란 왕국을 건국하시고 수많은 역경이 있었지만 지금껏 왕국은 건재하였습니다. 하여 태평성대를 수백 년간 이뤘습니다. 하나 역당이 왕국을 침공하였으니 때가 되어 궐기하려고 합니다. 비록 적은 무리가 많으나 저희는 의기 충천합니다. 싸움에 쓸 무기며 인마도 넉넉합니다. 하여 왕의 신하인 저 헬리온은 군을 이끌고 저 흉악한 무리를 쳐 없애려고 합니다. 그것이 대제의 은혜에 보답하고 폐하께 충성하는 길이라 믿어 의심치 않습니다. 바라건대 폐하께서는 신에게 역적을 치고 왕국의 위엄을 보여주는 일을 맡겨주시옵소서!"

출사표를 모두 읽은 헬리온 백작은 다시 한 번 하늘에 절을 하고 뒤로 돌았다. 수만 명의 영지민이 뚜렷한 하나의 목적을 가지고 헬리온 백작을 바라보고 있다.

남녀노소 할 것 없이 강인한 눈빛이다.

"적이 수많은 국민을 학살하며 코앞에 와 있다! 너희들은 겁이 나느냐!"

"아닙니다!"

1만에 달하는 병사들이 외쳤다.

"무서우냐!"

"아닙니다!"

4만에 달하는 영지민들이 대답했다.

사기가 고조된다. 전쟁에 있어서 사기는 필수. 아무리 강한 군대라고 하더라도 사기가 없으면 오합지졸이 되고 만다. 반대로 사기를 드높일 수 있다면 오합지졸도 강병으로 탈바꿈시킬 수 있었다.

"그럼 나와 함께하자! 내가 너희들에게 살길을 제시하겠노라!"

"와아아아아아!"

"싸우자! 싸우자!"

"간악한 무리를 몰아내자!"

병사들이 창을 들고 외쳤다. 그들의 강대한 염원이 영지 전체로 퍼져 나갔다. 노인과 어린아이 할 것 없이 무기를 들며 하늘을 향해서 외쳤다.

우리가 싸우겠노라고, 우리의 고향은 내 손으로 지키겠노라고.

용암처럼 들끓는 영지민의 사기.

헬리온 백작의 말대로 의기충천이다.

그들의 모습을 보며 헤즐러 자작은 온몸에 소름이 돋는 것을 느꼈다. 그리고 곤이 떠나기 전에 한 말이 머릿속에 맴돌았다.

"그렇구나. 저 모습이 바로 어버이, 군주로서의 모습이구나."

헤즐러는 헬리온 백작을 보며 조금이지만 한 발씩 성장하고 있었다.

*   *   *

드르르륵, 드르르륵!

백 명의 사람이 끌고 있는 마차가 천천히 앞으로 나아가고 있다. 뒤쪽에서는 검은 피부의 라덴 왕국 병사들이 채찍을 휘둘러 그들의 등짝을 사정없이 때려댔다.

짜악! 짜악!

채찍이 사람들의 등을 후려칠 때마다 피부가 찢어지고 피가 튀었다. 강하게 맞은 사람은 근육이 파열되기도 했다. 근육이 파열된 사람은 고통을 견디지 못하고 쓰러졌다. 쓰러진 사람이 신음을 흘렸지만 아무도 그를 도와주지 않았다.

드르르륵, 드르르륵!

마차는 쓰러진 사람을 짓밟고 지나쳤다. 그의 오장육부가 터지며 사방으로 흩어졌다. 역한 피 냄새가 진동했다. 그럼에도 마차를 끄는 사람들은, 아니, 포로들은 아무도 그에 대해서 신경 쓰지 못했다.

그들이 끌고 있는 것은 라덴의 주력 군단을 이끌고 있는 카이로 공작이 타고 있는 마차였다.

라덴 왕국군이 포로로 잡은 아슬란 왕국 사람은 모두 7만명이 넘었다. 이곳까지 오는 동안 숱한 전투가 있었고, 그들은 노예병으로서 싸우다 3만이 무참하게 사살되었다.

남은 포로는 4만 명이지만 실제로는 3만 5천 명에 불과했다.

라덴 왕국의 병사들이 재미로, 혹은 마음에 들지 않는다고 시시때때로 사람들을 죽였기 때문이다.

아슬란 왕국민들은 긍지가 높은 검사의 나라 국민이었지만 압도적인 죽음의 공포 앞에서는 무릎을 꿇을 수밖에 없었다.

와그작와그작!

라덴 왕국의 주력군을 이끌고 있는 카이로 공작이 옆에 놓여 있는 사과를 한입에 넣고 우물거렸다. 발가벗은 젊은 여자가 두려움에 가득 찬 얼굴로 엎드려서 카이로 공작을 떠받치고 있다. 조금만 움직여도 죽임을 당한다. 벌써 세 명의 여자가 움직여서 죽임을 당했다. 여자는 그렇게 죽지 않기 위해서 사력을 다해 버텼다.

"검사의 나라라고 요란하게 떠들더니만 별거 없군."

카이로 공작이 입을 열었다.

"평화에 찌든 거지요."

머리가 벗어지고 허리가 약간 굽은, 눈매가 뱀과 같이 생긴 자프 백작이 그의 말을 받았다.

"왕국을 지키는 다섯 투신이라고 했던가?"

"그렇게 들었습니다. 왕국을 지탱하는, 왕국에서 가장 강한 다섯 기사를 뜻한다고 하였습니다."

"웃기지도 않는 놈들. 투신이라니. 지나가는 개가 웃겠다. 약해. 너무 약해."

얼마 전, 카이로의 군대는 방벽이라 불리는 투신 스트롱 공작과 맞붙었다. 결과는 대승. 스트롱 공작은 그 전투에서 목숨을 잃었다.

"저희는 수십 년간 피의 내전을 벌였습니다. 비록 인구수는 상당히 줄었지만 병사 개개인의 실전 경험은 이들에 비해 월등히 높지요. 일당백인 저희에게 상대가 되지 않는 것은 어찌 보면 당연합니다."

"하긴."

카이로 공작은 비릿하게 웃으며 고개를 끄덕였다.

자프 백작의 말대로 라덴 왕국은 삼십 년간 피의 내전을 겪었다. 중앙집권이 무너지며 세력이 강한 열두 명의 대영주가 서로 왕이 되겠다고 나선 것이다.

그들은 내전에서 승리를 하기 위해 막대한 돈을 들여 군비를 증강했고, 끝내 몬스터를 길들여 군병기로 사용할 수 있게 된 대영주 구스타프가 승리하게 되었다.

라덴 왕국을 통일했지만, 구스타프에게는 골칫거리가 남아 있었다. 바로 어마어마하게 쌓인 군병기와 남아도는 병사들이었다. 그리고 수만 명이 넘는 기사들.

내전을 벌일 때는 당연히 필요하던 그들이지만, 막상 내정이 끝나고 나니 필요가 없었다. 시간이 지나자 그들의 불만이 높아지기 시작했다.

구스타프는 그들의 분노를 다른 곳으로 돌려야 할 필요성을 느꼈다.

때마침 제국에서 사신이 왔다. 그들은 은밀히 대륙을 분할하지 않겠냐는 제안을 해왔다. 구스타프 입장에서는 마다할 이유가 없었다.

홀몬 산맥으로 인해서 사방이 가로막혀 독자적으로 발전한 라덴 왕국. 그들의 숙원은 라덴 왕국에서 안주하는 것이 아닌 대륙으로의 진출이었다. 또한 막대한 군병기와 병사, 기사들의 불만을 밖으로 표출시키기에는 그만한 먹잇감이 없었다.

그렇게 전쟁은 시작된 것이다.

"아슬란 왕국의 수도로 가는 길은 얼마나 걸리나?"

잠시 생각에 잠겨 있던 카이로 공작이 물었다.

"보름 안에 도달할 것으로 여겨집니다. 하지만 한 번의 전투를 더 해야 합니다."

"성이 있나?"

"네, 투신 헬리온 백작이라는 자의 성입니다."

"흥, 입만 산 놈들. 헬리온이란 자의 성까지의 거리는?"

"내일이면 당도할 것입니다."

"성을 무너뜨리는 데 하루면 되겠지?"

"후후후, 반나절이면 모조리 불태울 수 있습니다."

자프는 하루도 길다는 듯이 비릿하게 웃으며 대답했다.

"다행이군. 다른 부대가 우리보다 먼저 수도를 점령하는 일이 있어서는 절대로 안 돼."

"지당하신 말씀입니다. 공을 뺏길 수는 없지요."

덜컹!

그때였다.

마차가 위로 크게 튀었다.

때문에 카이로 공작 옆에 쌓아두었던 과일이 쓰러졌다. 과일이 데굴데굴 굴러 카이로 공작 발밑으로 굴렀다. 그것을 본 발가벗은 여인이 심하게 몸을 떨었다.

카이로 공작의 눈매가 실룩거렸다. 그는 여인의 머리를 손바닥으로 쥐었다.

"마차 세워!"

"네? 네."

자프 백작이 급히 마차를 몰고 있던 병사에게 세우라고 말했다. 동시에 퍽 소리가 나며 여인의 머리통이 박살 났다.

카이로 공작은 손에 묻은 피를 닦지도 않은 채 마차 밖으로 나왔다.

백 명에 달하는 노예가 밧줄을 잡고서 부들부들 떨고 있다.

그들을 보며 카이로 공작이 말했다.

"난 마차가 흔들리는 것을 싫어해. 하여 분명히 전달했다. 마차를 조심해서 다루라고."

"사, 살려주세요. 다시는 마차가 흔들리지 않게 하겠습니다."

한 사내가 무릎을 꿇고 빌었다.

"정말입니다."

이곳저곳에서 사람들이 무릎을 꿇었다. 이내 전원이 무릎을 꿇고 카이로 공작에게 눈물을 흘리며 애원했다.

"불가(不可). 그렇지 않아도 내 새끼들이 배가 고팠는데 잘됐군. 나와라, 식인충(食人蟲)."

카이로 공작의 주문과 함께 노예들의 그림자에서 수많은 촉수가 튀어나오기 시작했다. 촉수들은 노예들의 칠공을 뚫고 들어가 내장을 파먹었다.

"사, 사람 살려!"

"으아아아아악! 괴로워! 차라리 그냥 죽여줘!"

사람들의 비명이 난무했다. 아비규환이 따로 없었다.

잠시 후, 주변이 조용해졌다. 더 이상 두 발로 서 있는 노예는 없었다. 내장이 모조리 사라진 인간의 형상을 한 껍질만 있을 뿐.

인간의 내장을 모조리 먹어치운 촉수들이 그림자 속으로 사라졌다.

"새로운 노예로 마차를 끌게 하라!"

"알겠습니다!"

병사들은 노예에게 명령하여 시체를 길 한편으로 치웠다. 그러고는 다시 백 명의 노예를 데려와 마차를 끌게 했다.

*   *   *

약 서른 필의 말이 헬리온 백작의 성으로 질주하고 있다.

말 위에 탄 사람 중 멀쩡한 사람은 한 명도 없었다.. 모두가 부상병이었다. 이마를 붕대로 두른 사람도 있고 심하게는 한 팔이 잘려 나간 자도 있었다.

그들 중 한 명이 반쯤 타버린 깃발을 들었다. 성벽이 그려진 깃발.

그들은 죽은 스트롱 공작의 기사단원이었다.

깃발을 확인하자 성문이 열렸다. 그들을 성문 안으로 들어오자마자 말 위에서 뛰어내렸다.

"케인, 케인이 아닌가?"

섬광의 부루스가 건장한 체구의 중년 사내에게 다가갔다. 부루스보다는 신장이 작지만 눈빛이 매섭고 머리카락은 짧게 잘랐다.

"부루스, 오랜만이군."

케인은 무표정하게 대답했다.

"죽은 줄 알았다네. 이렇게 살아서 보니 반갑구만."

부루스는 케인의 손을 잡고 말했다.

"치욕이지. 주군을 그렇게 버려두고 우리만 살아서 나왔으니……."

부루스는 아무런 말을 하지 않았다. 아무리 강한 기사라도 주군을 잃은 기사는 불명예를 안고 방랑자가 된다. 간혹 다시 복직이 되는 기사들이 있기는 하지만 그것은 극소수였다.

일단 기사들 본인이 다시 누군가를 위해서 검을 쓴다는 것을 참지 못했다.

더군다나 케인은 긍지 높은 투신 스트롱 공작의 친위기사였다. 그가 얼마나 낙심하고 있을지는 보지 않아도 알 수 있었다.

그런 그가 이곳까지 한걸음에 내달아 온 이유가 있을 것이다.

"헬리온 백작 각하를 뵈러 왔는가?"

케인은 말없이 고개를 끄덕였다.

"안내해 주지."

부루스가 앞장서서 걸었다. 케인은 부하들에게 '전원 이곳에서 휴식을 취하고 있어라' 라고 명령을 내리고는 부루스를 따라서 걸었다.

케인은 부루스를 따라서 성으로 들어갔다. 성의 복도는 생각보다 훨씬 좁았다. 한 명이서 겨우 걸을 수 있을 정도였다. 맞은편에서 사람이 온다면 등을 벽에 대고 배를 마주쳐 스쳐 지나가야 할 정도였다.

적을 방어하기에 좋은 최상의 구조였다. 적이 아무리 많아도 강력한 아군 한 명이 복도를 지키면 되니까.

성의 주변 경관이 모두 보이는 최상층에 도달했다. 그곳이 바로 헬리온 백작의 집무실이었다. 평상시에는 1층을 사용하

지만 지금과 같은 전시에는 주변을 모두 확인할 수 있는 최상
층을 사용했다.

똑똑.

부루스가 노크를 하자 '들어와' 하는 헬리온 백작의 목소
리가 들렸다.

"들어가 보게."

부루스가 문을 열어주었다. 고개를 끄덕인 케인이 문 안쪽
으로 들어갔다.

"자넨? 살아 있었는가!"

케인의 얼굴을 확인한 헬리온 백작이 벌떡 일어나 그를 안
아주었다.

서로의 안부를 묻고 난 후 케인은 품에서 서찰 한 장을 꺼
냈다.

"그것이 무엇인가?"

헬리온 백작이 물었다.

"스트롱 공작 전하가 남기신 유언입니다. 반드시 헬리온
백작 각하께 전해 드리라고 말씀하셨습니다."

Chapter 7. 학살의 공성전

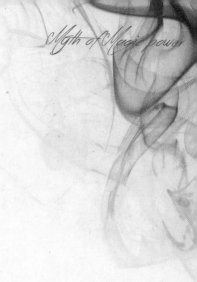

레인저들이 실시간으로 라덴 왕국군의 위치를 전달해 준 덕분에 헬리온 백작은 빠르게 전투 준비를 마칠 수가 있었다.

헬리온 백작군 1만 명과 헤즐러 자작군 1천 명. 예비군까지 싹 끌어모은 병력이다. 이들을 제외하면 더 이상 싸울 수 있는 병력은 없었다.

각 영지의 병력은 다른 곳에서 치고 올라오는 다른 라덴 왕국군을 막느라 정신이 없었다.

중앙군 역시 마찬가지였다. 왕을 보호하기 위한 중앙군 10만의 병력은 수도에 집결하여 전면전을 준비하고 있었다. 그들이 병력을 빼내 중앙군을 도와줄 여력은 조금도 없었다.

즉 헬리온 백작은 1만 1천 명의 병력으로 무슨 수를 쓰든 4만에 달하는 라덴 왕국군을 막아내야 했다.

펄럭펄럭!

강한 바람에 깃발이 심하게 나부낀다.

헬리온 백작군 전 병력이 성벽에 올라 전방을 바라보고 있었다.

"오는군."

부루스가 낮게 중얼거렸다.

그는 집에 있는 아내와 어린 두 아들, 노모가 머릿속에 떠올랐다. 아버지는 부루스가 일곱 살 때 전쟁터에서 죽었다. 어머니는 그에게 검을 잡지 말 것을 부탁했다. 준귀족이니 차라리 공부를 해서 중앙으로 진출했으면 했다. 아버지처럼 자식을 전쟁터에서 잃기 싫었던 것이다.

하지만 부루스는 공부에는 관심이 없었다. 아무리 공부를 해도 뒤돌아서면, 밥을 먹고 나면 잊어버렸다. 소년이던 부루스에게 가장 관심이 있는 것은 세상에 대한 모험과 환상이었다.

그렇게 소년 부루스는 어머니가 그토록 싫어하던 검을 잡았다. 어머니는 긴 한숨을 내쉬며 '역시 피는 속일 수가 없구나'라고 말했다. 그런 어머니에게 무척이나 미안했다. 그래서 평생 잘 모시며 살겠다고 자신에게 약속했다.

그러나 세상은 그의 뜻대로 되는 것이 아니었다. 특히 젊은 헬리온과 어울리며 소년 부루스는 모험에 대한 갈망이 커졌다.

그들은 다짜고짜 집을 뛰쳐나와 10년간 세상을 여행했다. 그 10년은 무엇과도 바꿀 수가 없는 소중한 시간이었다. 소년들은 청년이 되었고, 성장했다.

그리고 섬광의 부루스라는 영광스러운 애칭도 가지게 해 주었다.

고대 문명을 탐험한 적도, 위험한 던전을 발굴한 적도, 보물을 찾으러 떠난 적도 있었다. 모든 모험이 상당히 위험했다.

하지만 인생을 통틀어 가장 위험한 순간을 얘기하자면 바로 오늘이었다.

멀리서부터 전해져 오는 압도적인 살기는 의기충천해 있는 병사들의 사기를 급속하게 냉각시켰다. 그만큼 라덴 왕국군이 내뿜는 살기는 대단했다.

"적이 정지했습니다."

망원경을 들고 있던 레인저 코스비가 외쳤다. 그의 망원경에는 특수한 마법이 걸려 있어 적과의 거리를 정확하게 측정할 수가 있었다.

"거리는?"

헬리온 백작이 물었다.

"토성에서부터 3킬로미터, 본성에서부터는 3.5킬로미터입니다."

"진격 준비를 하나?"

"아닙니다. 일단은 휴식을 취하는 것 같습니다."

헬리온 백작은 고개를 끄덕였다. 오랜 행군을 마치고 곧바로 공격하는 것은 미친 짓이나 다름없다. 세상의 모든 생명은 잠을 자야 하고 에너지를 충전시켜야 한다. 반드시 휴식이 필요했다.

그런 것이 필요치 않는 종족은 언데드뿐이었다. 저들이 언데드가 아닌 이상 휴식을 취한 후 공격 준비를 할 것이다.

"총공세가 예상된다. 준비한 대로 움직이도록."

"총공세입니까?"

"확실하다."

"알겠습니다."

부루스는 고개를 끄덕인 후 적의 공격에 맞서기 위해 서둘러 준비했다.

만약 적들이 차근차근 공성전을 준비한다면 그런 징후가 보일 테지만, 적들에게서는 그런 모습이 보이지 않았다. 막사도 짓지 않았고 장비를 내려놓지도 않았다. 식사를 하면서 잠깐 휴식을 취하는 것이다.

즉 단숨에 이곳을 격파하고 왕이 있는 수도로 진격할 셈인 것이다.

"뿌드득."

헬리온 백작은 어금니를 강하게 물었다. 그의 눈빛은 강렬하게 불타오르고 있었다. 적이 자신을 얼마나 무시하는지 한 눈에 알 수가 있었다.

검사의 나라 아슬란 왕국의 다섯 장군 중 한 명인 자신을 이토록 무시하다니…….

비록 적의 기세가 해일처럼 강대하다고는 하나 이쪽도 만만치 않았다. 우선 적이 어떻게 나올지 예상되었다. 스트롱 공작이 죽으면서 건네준 소중한 정보 덕분에.

"와라! 조국을 짓밟은 더러운 다리를 모조리 잘라주마!"

와그작와그작.

카이로 공작은 과일을 통째로 씹어 삼켰다. 대륙을 침공하고 느낀 것은 이곳 음식물의 질이 자신이 살던 곳과는 다르게 확실히 높다는 것이었다. 모든 과일에서 육즙이 뚝뚝 흘러내렸다. 평범한 시민 누구라도 맛볼 수 있을 만큼 넉넉하기도 했다.

하지만 라덴 왕국은 그렇지 않았다. 과일은 귀족들만 간간이 먹을 수 있는 음식이었다. 워낙 기온이 높고 장마가 많아서 농작물이 잘 자라지 않았다. 더군다나 국토의 1/3이 사막이었다.

음식물이 잘 자라는 풍족한 영토를 차지하기 위해서 내전이 일어난 것은 어찌 보면 필수불가결의 일이기도 했다.

그들의 선조는 대륙인과 피부색이 다르다고 쫓겨났다. 이제는 그 한을 풀 때였다. 대륙인을 모조리 쫓아내고 자신들이 이곳에 천년 왕국을 세울 것이다.

카이로 공작은 노예들이 세워놓은 3단 단상 위로 올라갔다.

그의 앞에는 피의 내전을 종식시킨 불굴의 용사들이 한쪽 무릎을 꿇고 있었다.

카이로 공작이 한쪽 팔을 들며 외쳤다.

"위대하신 구스타프 폐하를 위하여!"

"위대하신 구스타프 폐하를 위하여!"

전사들은 카이로 공작의 말을 복창했다.

"보름 뒤에는 아슬란 왕국의 수도 예슬란에 당도한다! 나는 너희의 욕망을 이뤄줄 것을 약속한다! 닥치는 대로 빼앗고, 닥치는 대로 먹어치워라! 여인을 가지고 싶으면 갖고 보석을 가지고 싶으면 가져라! 모든 것을 허락하겠다!"

"우와아아아아아아!"

라덴 왕국군의 사기가 높아졌다. 그들에게 대륙은 신천지였다. 자신들이 살던 험악한 환경과는 완전히 달랐다. 손에 닿는 모든 것을 가질 수가 있다니 그들은 사기는 상상을 초월할 정도로 고조되었다.

"그러나 아슬란의 왕을 잡기 위해서는 마지막 관문을 돌파해야 한다! 저 거대한 성이 우리의 앞을 가로막고 있다! 가라! 성을 무너뜨리고 너희의 강함을 보여라! 모든 것을 불태우고 죽여 버려라! 여인들을 간음하고 아이들을 노예로 끌어모아라! 가라!"

"와아아아아아아! 진격! 진격! 진격!"

광기로 가득한 라덴 왕국군의 병사들이 외쳤다. 그들의 외침에 따라 3만 5천 명에 달하는 사로잡힌 노예, 아슬란의 국민들이 죽창 하나만을 들고 떠밀렸다.

"진격! 진격! 진격! 빨리 진격하라!"

노예들이 어정쩡한 자세로 있자 뒤편에 있던 라덴 왕국의 보병들이 가차 없이 칼을 휘둘렀다. 칼에 목이 잘린 노예들이 피를 흘리며 바닥에 쓰러졌다.

"너희가 성을 넘어서 두 명을 죽이면 자유를 주겠다! 알겠나? 두 명이다! 두 명의 목을 가져와라! 곧장 풀어주어 고향으로 보내주겠다! 하지만 성을 넘지 못하면 약속은 없는 것이 된다! 가족에게 돌아가고 싶지 않나? 가족에게, 고향으로 돌아가고 싶으면 성을 넘어서 저들을 죽여!"

보병 군단을 이끌고 있는 자프 백작이 노예들을 향해서 외쳤다.

그제야 노예들은 고개를 돌려서 헬리온 백작의 성을 바라봤다.

같은 국민이지만 가족은 아니지 아닌가. 내가 살기 위해서, 가족을 살리기 위해서 저들을 죽여야만 한다면 기꺼이 살귀가 되리라.

"으아아아악!"

한 노예가 죽창을 들고 뛰기 시작했다. 다른 노예들도 마찬가지였다. 같은 아슬란 왕국의 국민이라고 하더라도 저들의 목숨보다는 자신의 목숨이 소중했다.

두 명만 죽이면 돌려보내 준다고 하였다.

두 명만 죽이면.

가고 싶다.

가족이 기다리고 있는 집으로.

3만 5천 명이나 되는 엄청난 인원이 일시에 뛰는 것은 장관이었다. 지반이 사정없이 울리며 보는 이로 하여금 절로 움츠리게 만들었다.

"우아아아아!"

노예들은 죽음의 공포를 이겨내기 위해서 미칠 듯이 괴성을 지르며 헬리온 백작의 성을 향해 뛰었다.

헬리온 백작은 엄청난 대병력이 달려오는 것을 담담하게 바라보고 있었다. 어차피 예상한 대로이다. 그는 스트롱 공작이 써준 편지의 앞부분을 떠올렸다.

─벗이여, 방벽이라고도 불리던 내가 이토록 허무하게 무너진 것에는 다 이유가 있다네. 지금부터 적들이 우리 영지를 어떻게 공략했는지 상세하게 적도록 하겠네.

첫째, 저들은 우리 국민을 전투노예로 사용했네. 이제껏 수많은 전투를 치른 나지만, 이번만큼은 어떻게 대응해야 할지 감이 잡히지 않았네. 뭔가 방도를 세워야 했지만 시간이 없었다네. 우리 국민들은, 아니, 노예들은 그사이 성벽을 넘었어. 골육상잔의 시작이었지. 우리도 그렇게 당할 수만은 없었다네. 우리 군은… 우리의 국민을 무참하게 사살했지. 우리가 지켜야 할 국민을 2만 명이나 사살했고, 병사는 5천 명이 살해당했네. 나의 첫 번째 지옥은 그렇게 시작되었지. 그들은 자네에게도 똑같은 전술을 사용할 것이네. 자네는 반드시 이 사태를 해결해야 할 것이네.

헬리온 백작은 주먹을 꽉 쥐었다. 편지가 없었다면 그 역시 무척이나 당황했을 것이다. 하지만 적의 전술을 안 이상 쉽게 당하지는 않는다.

두두두두두두!

지반이 마구 울리며 노예들은 헬리온 백작 성 수백 미터 앞까지 다다랐다.

"성문을 열어라!"

헬리온 백작이 명령했다. 상당히 위험한 작전이라 할 수 있었다. 만약 노예들이 적에게 완전히 세뇌되었다면 단숨에 성은 점령당한다.

성문이 열리자 노예들의 발걸음이 순간적으로 멈췄다. 화살이 비 오듯이 날아올 것이라 여겼건만 전혀 다른 상황이 벌어진 것이다.

"잘 들어라. 나는 아슬란 왕국의 투신 중의 한 명인 헬리온 백작이다!"

성벽 위로 올라간 헬리온은 노예들을 향해서 외쳤다. 노예들은 자신들이 어디로 끌려가는지도 모르고 왔을 확률이 높았다. 대다수의 농민들은 고향에서 평생을 머문다. 다른 곳으로 이주를 하는 일 따위는 거의 일어나지 않았다. 당연히 저들 역시 이곳이 어디인지, 그가 누구인지 모를 것이다.

하지만 투신에 대해서 모르는 국민은 없었다.

예상대로였다.

헬리온 백작이 자신을 밝히자 노예들이 웅성거렸다. 그제야 노예들은 자신들이 누구의 성으로 진격하는지 알아차린 것이다.

"너희들은 아슬란 왕국의 백성이다! 너희가 노예로 전락한 것은 모두 군주들의 업보이며 죄다! 너희가 설사 같은 국민을 공격하였다고 하더라도 절대 죄를 묻지 않겠다! 성문은 열렸다! 우리는 너희를 받아들일 것이다! 그러니 겁먹지 말고 무장을 버리고 성으로 들어오라!"

헬리온 백작의 말에 노예들이 수군거렸다. 전혀 예상하지 못한 상황이 벌어져 농민인 그들로서는 어찌해야 할지 갈피를 잡기 어려웠다.

"우, 우리를 참수하지 않겠다는 것이 정말입니까?"

건장한 체구의 한 노예가 헬리온 백작에게 소리쳐 물었다. 다른 노예들은 불안한 눈초리로 그와 헬리온 백작을 번갈아 바라보았다. 아무리 같은 왕국의 국민이지만, 귀족을 공격하면 참수형에 처해진다. 공격을 하지 않으면 라덴 왕국군에게 죽는다.

노예들로서는 이러지도 저러지도 못하는 상황이었다.

헬리온 백작은 노예들의 마음을 대번에 눈치챘다. 그들이 가장 바라는 것은 생존, 살아서 고향에 돌아가는 것이다.

하여 그가 살아오면서 가장 싫어한 도박을 했다.

"그렇다! 나는 너희를 받아들이겠다! 이번 전투만 승리로 이끌 수 있다면 너희들은 모두 무사히 고향으로 돌아갈 수 있을 것이다! 계속해서 노예로 살고 싶은가! 그렇다면 동족을 등지고 덤벼라! 자유를 찾고 싶은가! 그렇다면 나에게 오라!"

노예들이 정할 길은 하나밖에 없었다. 바보라도 자신들이 무엇을 선택해야 하는지 알고 있다.

"가자! 헬리온 백작 각하께 가자!"

누군가 외쳤다.

한 달도 안 되는 짧은 시간, 노예로 잡혀온 백성들은 라덴 왕국군에게 인간 이하의 대접을 받았다. 개돼지도 그런 대우는 받지 않을 것이다.

생긴 것이 마음에 안 든다고 죽이고, 제대로 걷지 못한다고 죽이고, 내기에 졌다고 죽이고, 여자들은 빈번하게 간음을 당했다.

수천 명이 아무렇지도 않게 죽임을 당하고 길가에 쓰레기처럼 버려졌다. 아슬란 왕국의 백성들 의지는 꺾였다. 살겠다는 의지보다는 죽지 않기 위해서 버텼다.

지금 그들에게 한 줄기 희망이 비쳤다.

"가자! 가자!"

3만 5천 명에 달하는 노예들이 일제히 열린 성문을 향해 달리기 시작했다.

"저, 저, 저 자식들, 뭐하는 거야!"

당황한 것은 노예들을 통솔하는 라덴 왕국 보병 사단장 자프 백작이었다. 이제껏 이런 상황이 벌어진 적이 없었다. 전투노예들은 살기 위해, 가족에게 돌아가기 위해서 죽기 살기로 싸웠지 적에게 투항한 적은 없었다.

자프 백작은 카이로 공작을 바라봤다. 카이로 공작도 예상치 못한 상황에 눈살을 찌푸렸다.

카이로 공작은 엄지손가락을 들어 목을 그었다. 투항한 노예들은 고스란히 적의 노예가 된다. 몇몇 노예는 보고 들은 아군의 전력을 적에게 노출할 수가 있었다. 그것은 막아야 했다.

그렇다면 방법은 하나.

노예를 모조리 죽이는 것.

카이로 공작의 심중을 깨달은 자프 백작이 경갑보병들에게 명령을 내렸다.

"빌어먹을 노예들을 전부 죽여라!"

"하압!"

충성스러운 외침이 떠나갈 듯 울려 퍼지고, 1만에 달하는 경갑보병들이 노예들을 향해서 달리기 시작했다. 그렇지 않아도 노예들을 조종하기 위해서 얼마 거리가 떨어져 있지 않았다.

서로의 거리가 좁혀지는 것은 순식간이었다.

1만에 달하는 경갑보병들이 노예들의 등 뒤를 향해 달리자, 노예들은 기겁하며 성문을 향해 더욱 빠르게 달렸다.

　"나, 나도 같이 데려가 줘."

　다리를 절룩거리는 한 노예가 넘어졌다. 하지만 누구도 그를 도와주지 않았다. 넘어진 노예를 다른 노예들이 짓밟고 지나갔다. 머리가 밟히고 내장이 터져 죽을 때까지 누구도 그에게 도움을 주지 않았다.

　그렇게 죽은 노예가 수백 명.

　그럼에도 노예들은 살기 위해서 성문을 향해 달렸다.

　"백작 각하, 활을 쏴야 하지 않겠습니까?"

　팔백 명의 병력을 이끌고 합류한 스테스 남작이 헬리온 백작을 향해 조심스럽게 물었다.

　그의 예상과는 다르게 헬리온 백작은 고개를 흔들었다.

　"아직이오."

　"아직이라니?"

　"기다리시오."

　"네? 넵, 알겠습니다."

　스테스 남작은 고개를 끄덕이며 물러났다. 그의 가문은 대대로 문관이었다. 그 역시 문관이다. 전쟁에 대해서는 조금도 알지 못했다. 한 영지의 군주라는 이유로 이곳에 나와 있지만, 그가 할 수 있는 일은 거의 없었다. 헬리온 백작이 결정을 내렸다면 그가 할 수 있는 일은 없었다. 휘하의 병사 팔백 명까지 모두 헬리온 백작 휘하로 편입된 상태니까.

수만 명의 노예가 성문 근처에 다다랐을 무렵, 라덴 왕국의 경갑보병들도 토성을 넘었다. 토성이 비록 5미터 높이까지 쌓여 있지만 완만하여 전력을 다해서 질주한다면 넘지 못할 수준은 아니었다.

"와아아아아! 죽여라!"

토성을 넘은 라덴 왕국의 경갑보병들이 검을 꺼내 노예들을 무차별적으로 학살하기 시작했다.

"으아아악! 살려줘! 빨리 안으로 들어가란 말이다!"

비명이 난무했다. 노예들은 살기 위해서 앞에 있는 사람들을 밀치고 또 밀쳤다.

뒤로 돌아서 그들과 맞서 싸울 사람은 없었다. 짧은 노예 생활이었지만, 라덴 왕국의 공포심이 그들의 머릿속에 뚜렷하게 박혀 있었다. 맞서 싸운다는 생각조차 하기 쉽지 않았다. 노예들의 입장에서는 오로지 그들에게서 벗어나야 한다는 생각뿐이었다.

라덴 왕국군에 의해서 순식간에 수천 명이나 되는 노예가 살해되었다.

그럼에도 헬리온 백작은 움직이지 않았다. 성문 앞은 아비규환이었다. 너무도 많은 사람들이 몰려서 안으로 들어오기도 쉽지 않았다.

아주 짧은 시간이 지났다.

헬리온 백작이 손을 들었다. 그의 손에 맞춰 성벽 위에 있던 병사들이 커다란 깃발을 좌우로 흔들었다.

작전 개시!

토성에 숨어 있던 수천 명의 헬리온 백작의 병사가 불시에 튀어나왔다. 그들은 곧바로 라덴 왕국군 1만 보병의 뒤를 들이쳤다.

누구도 예상하지 못한 상황이었다.

그들은 라덴 왕국군의 경갑보병들을 해일처럼 몰아치기 시작했다. 순식간에 수천 명의 병사가 칼과 창 아래 쓰러졌다.

"이런 젠장! 안쪽으로 들어가라!"

뒤로는 헬리온 백작군에 의해서 물러날 수가 없었다. 상황이 여의치 않자 라덴 왕국군의 지휘관은 극단의 선택을 했다.

라덴 왕국군이 노예들 틈 사이로 스며들었다.

난전!

그들로 인해서 노예, 라덴 왕국군, 헬리온 백작군이 한데 뒤섞였다.

누군가는 도망가고, 누군가는 싸우고, 누군가는 악에 받쳐 소리를 지르고, 누군가는 절망을 노래했다.

전투는 상상을 초월하는 인명 피해를 낳고 있었다.

$$* \qquad * \qquad *$$

헬리온 성의 작전 회의실.

이번 전투에 참가한 사람들의 표정이 묘했다. 밝지도, 그렇다고 어둡지도 않았다.

"이번 전투에서 살아남은 노예는… 5천 명입니다."

부루스가 참담한 심정으로 말했다. 다른 간부들, 귀족들 역시 얼굴에서 일그러진 표정을 지울 수가 없었다. 영지민을 개처럼 취급하던 몇몇 귀족들 역시.

성 앞에는 무려 3만에 달하는 왕국의 백성들 시체가 산더미처럼 쌓여 있었으니까.

밤이 되자 온갖 동물이 성 앞으로 몰려와 시체를 파먹었다. 전쟁으로 인해서 먹이가 부족한 동물들에게 인간의 시체만큼 편하게 먹을 수 있는 먹이는 없었다.

단 하루 만에 성 앞은 지옥으로 변해 버렸다.

헬리온 백작도 그것을 알고 있다. 알면서 일부러 그런 작전을 시행한 것이다. 그렇지 않으면 모두가, 성안에 있는 모두가 죽을 수밖에 없기에. 그는 주먹을 꽉 쥐었다.

"상황을 설명하시오."

입을 다물고 있던 헬리온 백작이 낯선 사람처럼 늦게나마 작은 목소리로 말했다.

기사단을 이끌고 있는 섬광의 부루스가 길게 한숨을 내쉬며 귀족들 앞에서 브리핑을 시작했다.

"생존한 노예는 5천 명, 라덴 왕국의 보병은 7천 명이 죽었습니다. 우리 측 병사의 사상자는 2천 명입니다."

따지고 보면 엄청난 대승이었다. 그럼에도 헬리온 백작은 웃을 수가 없었다. 3만에 달하는 백성이 아비규환 속에서 죽고 말았다.

예상보다 훨씬 많은 죽음이었다. 특히 성문 앞에서 죽은 사람의 숫자가 상상을 초월했다. 성으로 진입을 하려던, 선두에 섰던 몇 명만 길을 양보해 줬더라면 그토록 많은 수의 사람이 죽지 않았을 것이다. 서로가 서로를 죽이며 살기 위해서 성문을 향해 가다 몇 배나 많은 사상자를 냈다.

"노예들은?"

"일단은 안정을 시켰습니다. 살아남은 대부분이 건장한 성인인지라⋯ 전장에 투입시킬 것입니다."

당연한 얘기였다. 성문 안으로 들어선 대부분이 젊은 남자들이었다. 늙고 어린 사람들은 성문을 통과하지 못하고 죽었다. 늙고 어린 사람들을 누구도 신경 쓰지 않았다. 열 살도 안된 어린아이들의 시체가 성문 앞에 산더미처럼 쌓여 있다.

"적의 동태는 어떠한가?"

"일단 뒤로 물러난 후 진을 쳤습니다. 그들 역시 이번 패배가 의외였던 것 같습니다."

"아무래도 그렇겠지."

헬리온 백작은 씁쓸하게 웃었다. 적의 필승 전략이 먹혀들지 않았다. 라덴 왕국군은 먼저 전투노예를 투입한 후 그다음 본격적으로 자국의 병사들을 진격시켰다. 자국민끼리 죽고 죽이는 싸움. 그들의 입장에서는 이토록 쉬운 전투는 없을 것이다.

하지만 이제는 아니다.

그들 역시 본격적으로 전투를 준비하지 않으면 안 된다. 이쪽에서는 만반의 준비가 되어 있었다.

"적은 분명 내일 아침 공격해 올 것이다. 혹시 모르니 밤을 새워 경비를 강화하고 노예들에게 무기를 주어 전투에 투입하라."

"알겠습니다!"

헬리온 백작의 가신들은 우렁차게 소리를 지르며 고개를 끄덕였다. 헬리온 백작과 다르게 그들은 첫 전투에서 크게 승리했다고 느끼고 있었다. 그들의 입장에서는 아군이 늘고 적의 숫자가 적어졌지 국민이 죽었다는 생각을 하지 못했다.

　　　　*　　　*　　　*

　　곤과 2백 명의 기사들은 누구도 넘을 수가 없다는 홀몬 산
맥을 넘고 있는 중이다. 가장 낮은 산맥의 높이가 4천 미터에
달했다. 어지간한 준비가 없으면 고산병으로 대부분이 쓰러
질 터였다.

　　곤이 산삼을 얻기 위해 오고 갔던 백두산보다 훨씬 높았다.

　　동행한 초고위급 마법사 린다맨이 고산병에 걸리지 않게
전원에게 마법을 걸어줬기에 다행이지 그렇지 않았다면 반수
이상이 나가떨어졌을지도 모른다.

　　크르르르릉!

　　고원지대에 산다는 샤벨 타이거. 인간 세상에는 그다지 알
려지지 않은 몬스터이지만, 레벨은 상당히 높았다. 두 마리가
협동하면 육상 최강의 몬스터라는 오거도 잡을 수가 있었다.

　　놈의 머리는 몬스터답지 않게 비상했다. 사냥감을 잡을 수
있다는 확신이 들지 않으면 좀처럼 모습을 드러내지 않았다.
습성은 야행성.

　　곤은 수백 미터 전방에서 모습을 드러낸 샤벨 타이거의 우
두머리를 보았다.

　　놈들이 며칠 전부터 자신들을 뒤쫓는 것을 알았다. 하지만
워낙 은밀하게 움직여 한 번에 잡아낼 수가 없었다. 적어도

스무 마리 이상이 기사단을 쫓고 있었다.

평지라면 모를까, 울창한 살림이 우거진 산맥 안에서는 상당히 위험한 존재였다.

기사단이 어느 정도 산을 오르자 나무의 높이가 낮아졌다. 대부분의 식물이 사람의 허리까지밖에 오지 않았다. 시야는 확 트이고 사방이 그들의 눈에 들어왔다.

"우와, 멋진데?"

탄성이 절로 나왔다. 자신들의 영지가 까마득하게 보였다. 날씨가 좋으면 아슬란 왕국의 명물인 102층 전사의 탑도 보일 듯했다.

분명 수십 마리의 샤벨 타이거가 모습을 드러냈음에도 기사들은 조금도 겁을 먹지 않았다. 오히려 언제 나오나 하며 기대하는 자들도 있었다.

200명의 기사.

몇몇을 빼고는 전원 실전 경험이 풍부했다. 특히 곤과 씽, 안드리안에게 훈련을 받은 기사들은 압도적인 실력을 자랑했다.

물론 헬리온 백작의 수하들도 만만치 않았다. 사실 헬리온 백작의 수하들과 곤의 수하들은 처음에는 엮이지 않았다. 엄청난 임무를 짊어졌음에도 데면데면했다는 말이 옳을 것이다.

그러나 홀몬 산맥을 오르면서 그들은 많이 친해졌다. 지금껏 이곳까지 오는 동안 한 시간에 한 번꼴로 몬스터의 습격을 받았다.

인간들의 발자취를 거의 찾을 수 없는 홀몬 산맥이기에 몬스터들은 인간들을 먹이로 여긴 것이다. 소형 몬스터인 코볼트, 홉, 고블린부터 중형 몬스터, 대형 몬스터의 습격이 연이어 이어졌다.

덕분에 기사들은 무뎌졌던 실전 감각을 익힐 수가 있었다. 전원의 검에는 살기가 깃들었다. 어지간한 일에는 눈 하나 깜짝하지 않았다.

당연히 샤벨 타이거의 등장에도 겁을 먹지 않았다. 만약 놈들이 초반에 기습 공격을 했더라면 상당한 사상자를 냈을 테지만, 놈들의 조심성이 때를 놓치고 말았다.

"어떡할까요?"

기사 슬롯이 곤에게 물었다. 슬롯은 신장은 크지만 다른 기사들에 비해서 몸매가 호리호리했다. 그러나 겉모습만으로 판단하면 안 된다. 예쁘장하게 보이는 모습과는 다르게 그의 실력은, 특히 괴력은 헬리온 백작의 기사 중에서 으뜸이었다.

합류한 헬리온 백작의 기사들을 그가 통솔하고 있었다. 자존심도 꽤 강하다. 하지만 이번 임무의 주체는 곤이었다. 그는 헬리온 백작으로부터 곤에게 철저하게 복종하도록 명령을 받았다.

그렇지 않아도 말도 안 되는 임무였다. 똘똘 뭉쳐도 임무를 완수할 가능성은 1퍼센트도 되지 않았다. 분열이란 절대로 있을 수가 없었다.

그것은 기사 슬롯 본인이 가장 잘 알고 있었다. 어중간한 자존심을 내세워 기사단이 분열이 되면 모두가 죽는다. 슬롯은 철저하게 곤의 말을 따랐다.

곤은 하늘을 바라봤다. 이미 어둠이 산맥 전체를 감싸기 시작했다. 어둠에 휩싸이며 샤벨 타이거의 눈동자가 야광으로 빛을 냈다. 그 기운이 사뭇 흉흉하다.

"2인 1조로 하급 기사 위주로 내보낸다. 상급 기사 한 명이 서포트해 주도록."

"알겠습니다."

슬롯은 고개를 끄덕였다. 그는 곤이 무슨 말을 하는지 대번에 알아들었다. 산맥에 들어서고 나서부터 한결같은 명령이었다. 처음에는 이해가 되지 않았다. 하급 기사라고 하더라도 실력이 없는 것이 아니다. 상급 기사들이 워낙 뛰어났기에 자신들도 모르게 그렇게 차이를 둔 것이다.

하나 상급 기사들이 앞장서면 몬스터쯤은 금방 해결할 수 있었다. 하지만 곤은 하급 기사들 위주로 몬스터에 맞서게 했다.

지금은 왜 그랬는지 슬롯은 이해했다. 수많은 몬스터와 격전을 벌인 하급 기사들. 실력이 부쩍 늘어난 것은 아니었다. 하지만 하나 확실하게 늘어난 것은 있었다.

그것은 투기와 살기. 전투가 벌어지면 살기에 몸이 굳어서 죽임을 당하는 기사들이 상당수였다. 실전을 경험하지 못했기 때문이다.

하급 기사들은 그것을 몸에 익혔다. 기술보다 훨씬 중요한 경험을.

슬롯은 기사들에게 명령을 내렸다. 2인 1조가 된 하급 기사들이 샤벨 타이거를 향해서 번개처럼 튀어나갔다. 전혀 두려움이 없는 기색이다. 몇몇 친한 기사들은 누가 먼저 샤벨 타이거를 잡는지 내기까지 했다.

산의 제왕 샤벨 타이거가 인간의 말을 이해했더라면 뒷목을 잡고 쓰러졌을 일이다.

*   *   *

한때 고뇌하는 여행자로 이름을 날리던, 지금은 헤즐러 자작 영지의 하급 기사로 있는 파르티와 도날드가 작은 코끼리만큼이나 거대한 샤벨 타이거를 향해서 몸을 날리고 있는 중이다.

"우리는 강해졌나?"

파르티가 도날드에게 물었다.

"강해졌지."

"얼마나 강해졌을까?"

"예전과는 비교도 안 되게."

"그럴까. 난 잘 못 느끼겠어."

"당연하지. 우리 주변을 둘러봐. 온통 괴물 천지잖아. 그런 사람들 옆에 있으니 우리가 얼마나 실력이 늘었는지 알 수가 없지. 비교하는 것 자체가 우울하다고. 하지만 말이야, 과거의 우리였다면 샤벨 타이거라는 괴물과 상대할 수 있었을까?"

도날드의 말에 파르티는 잠시 생각에 빠졌다. 생각을 정리한 파르티가 입을 열었다.

"파티원 전원이 힘을 합치면 가능할 것 같기는 한데."

"우리 둘이서는?"

"아마도 불가능하겠지?"

"맞아, 꽁지에 불이 나도록 도망갔을 거야. 어쩌면 둘 중에 한 명은 죽었을지도 모르고."

맞는 말이다. 과거의 그들이었다면 도저히 샤벨 타이거를 잡을 수 없었을 것이다. 일단 샤벨 타이거의 움직임은 인간이 예측하기가 불가능했다.

샤벨 타이거의 속도 또한 인간의 범주를 훨씬 넘어섰다. 놈들의 속도를 따라잡기 위해서는 인간의 한계를 넘어선, 최소 준마스터 급에 다다라야 했다.

물론 그들 역시 아직 준마스터 급이 되지는 못했다. 하나 실전 경험은 누구보다 많이 쌓았다. 그들은 샤벨 타이거가 어떤 방식으로 나올지 충분히 예상할 수가 있었다.

"파르티, 다른 팀들과 내기했잖아. 서두르자고."

"응, 그것도 그렇군. 5골드가 적은 돈은 아니니까."

샤벨 타이거를 향해서 날듯이 뛰어가는 하급 기사들 전원이 내기에 참여했다. 내기 조건은 가장 먼저 샤벨 타이거를 잡는 팀에게 무조건 5골드씩 몰아주기. 돈도 돈이지만 자존심이 걸린 한 판이었다. 하급 기사라는 꼬리표를 떨치기 위해서, 게론과 같은 상급 기사가 되기 위해서 그들은 불철주야 피나는 노력을 계속했다.

쿠와아아앙!

엄청난 덩치의 샤벨 타이거가 기분이 나쁜 듯 피어를 내뿜으며 파르티와 도날드에게 날아들었다. 놈의 발톱과 1미터는 넘을 듯한 긴 송곳니가 무척이나 위협적이다. 놈의 송곳니는 트롤까지도 한입에 찢어서 죽인다고 했다. 재생력의 화신이라 불리는 트롤이 한 방에 찢겨 죽는다니.

그렇게 죽고 싶은 생각은 누구도 없었다.

1등을 양보할 생각도 물론 없었고.

"아이언 스킨! 속도 강화! 마나 증폭! 체력 증폭! 체력 강
화!"

도날드는 파르티에게 연속적으로 버프를 걸어주었다. 파
르티의 기본치 능력이 월등하게 상승했다.

쿠오아아아아앙!

샤벨 타이거가 거대한 앞발을 내리찍었다. 파르티는 앞발
이 코앞까지 다가올 때까지 움직이지 않았다. 그의 시선에 샤
벨 타이거의 움직임이 너무도 느리게 잡혔다. 하품을 하고 싶
을 정도로.

샤벨 타이거의 공격을 피한 파르티는 몸을 날렸다. 그는 곧
바로 샤벨 타이거의 등에 올라탔다. 그리고 그는 무시무시한
완력을 앞세워 샤벨 타이거의 목을 졸랐다.

샤벨 타이거가 인간의 힘을 견디지 못하고 날뛰었다. 얼마
나 심하게 난동을 부리는지 주변의 나무와 바위들이 모조리
부서질 정도였다.

그럼에도 파르티는 떨어지지 않았다.

차츰 샤벨 타이거가 힘을 잃어갔다. 눈동자가 파르르 떨리
며 혀가 입 밖으로 축 늘어졌다.

이윽고,

쿵!

샤벨 타이거가 의식을 잃고 바닥에 쓰러졌다. 그토록 무시무시한 몬스터를 너무도 쉽게 제압한 것이다.

파르티는 샤벨 타이거의 등에서 일어서며 도날드에게 외쳤다.

"1등이지?"

"아니."

도날드는 고개를 흔들었다.

"뭐? 1등이 아니야?"

"아쉽게도 3등."

도날드는 샤벨 타이거와 사투를 벌이고 있는 다른 기사들을 보았다.

그의 말대로 이미 두 팀이 샤벨 타이거를 쓰러뜨리고 유유자적하게 주위를 관찰하고 있었다.

파르티는 눈살을 찌푸렸다. 예상은 했지만 자신보다 실력이 좋은 기사들이 아직도 몇 명이나 남아 있었다. 그것이 그의 승부욕을 더욱 불타게 했다.

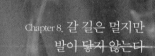

Chapter 8. 갈 길은 멀지만
발이 닿지 않는다

　카이로 공작은 심기가 불편했다. 4만에 달하는 병력을 이끌고 전쟁을 개시한 이후로 가장 큰 실패를 맛봤다. 3만 5천에 달하는 전투노예들을 모조리 잃었고, 대제국의 발판이 될 경험 많은 경갑보병 8천이 죽었다.

　얻은 것은 하나도 없었다.

　말 그대로 대패.

　쾅!

　카이로 공작은 발가벗은 채 엎드려 있는 여성, 인간 의자의 머리통을 후려쳤다. 머리가 박살이 난 여자가 힘없이 바닥에 엎어졌다. 멀리서 대기하고 있던 한 기사가 다른 여성을 데리고 와서 죽은 여성을 대체했다.

카이로 공작이 벌떡 일어나자 각 부대의 지휘관들은 무릎을 꿇은 채 고개를 들지 못하고 벌벌 떨었다.

카이로 공작은 라덴 왕국 서열 2위다. 구스타프 대제를 제외하고는 가장 막강한 권력을 휘둘렀다. 그는 구스타프 대제의 장인이었고, 황태자들의 외할아버지였다.

그리고 구스타프 대제를 왕위에 올려놓은 일등 공신이기도 했다.

그의 권세는 날아가는 새도 떨어뜨릴 수 있는 정도였다. 더군다나 카이로 공작은 라덴 왕국 최강의 암흑술사로 암살도 통하지 않았다.

"자네들은 지금의 상황을 너무 안일하게 여기는 것 같구만."

카이로 공작은 노기가 서린 눈빛으로 지휘관들을 바라봤다.

그 순간,

지휘관들의 그림자가 살아서 움직이기 시작했다. 그림자들은 서서히 떠올라 지휘관들의 목줄을 휘감았다. 지휘관들의 얼굴이 사색이 되었다. 그들은 카이로 공작이 암흑술사라는 것을 잘 알고 있었다. 그의 술법은 무척이나 기괴하고 잔

혹했다.

예전에는 마음에 들지 않는 부하를 산 채로 그림자에게 먹히게 하기도 했다.

"꿀꺽."

지휘관들은 마른침을 삼켰다. 그들의 심정을 지배하는 것은 상관에 대한 공포. 죽을 수 있다는 두려움보다 의지를 가지고 있는 어둠 속에 먹힌다는 것이 더욱 무서웠다.

들리는 소문으로는 그림자에 먹힌 인간은 카이로 공작에게 영혼까지 이용당한다고 했다.

추호도 그렇게 되고 싶은 생각은 없었다.

그림자에서 혀가 길게 늘어져 지휘관들의 뺨을 핥았다. 공기와 같은 그림자이지만 뺨에 축축한 느낌이 느껴지는 것 같았다. 지휘관들의 이마와 등줄기에서 쉴 새 없이 식은땀이 줄줄 흘러내렸다.

"하루를 주겠다. 오늘 안에 저 빌어먹을 성벽을 넘지 않으면… 누군가는 책임을 져야 할 것이야."

카이로 공작의 말에 지휘관들은 마구 고개를 끄덕였다.

그림자들이 다시 원래대로 돌아갔다. 지휘관들은 자신들의 길게 늘어진 그림자를 보았다. 언제나 자신들과 하나이던 그림자가 흡사 괴물처럼 보였다.

"당장 시작해."

"알겠습니다."

지휘관들은 곧바로 카이로 공작의 막사를 나갔다. 곧이어 지휘관들의 성난 함성이 들렸다. 전투가 시작된 지 하루가 채 지나지 않아 시체가 성 주위에 산더미처럼 쌓여 썩어가고 있었지만 그런 것은 안중에도 없었다.

해가 지기 전 반드시 성을 넘어야 한다는 두려움만이 라덴 왕국군 지휘관들의 머릿속에 가득했다.

*   *   *

동이 트기 전부터 병사들은 성벽에 나와 만반의 준비를 갖추고 있었다.

"백작 각하의 예상대로군요."

부루스가 헬리온 백작에게 말했다. 그는 헬리온 백작의 선견지명에 감복했다. 엄청난 대학살이 벌어진 일이 바로 어제였다. 라덴 왕국군은 3만이 넘는 전투노예와 8천에 달하는 경갑보병을 잃었다.

보통 상식이 있는 장군이라면 떨어진 사기를 올리고 군을 재정비한다. 그러려면 최소 하루에서 이틀 정도의 시간이 필요했다.

부루스를 비롯한 지휘관들도 그렇게 예상했다. 아무리 못해도 적은 하루 정도 여유를 가질 것이라고.

하지만 헬리온 백작이 반대했다. 그는 적들이 반드시 동이 틀 시간부터 공격해 올 것이라 여겼다. 그리고 그의 예상은 적중했다.

헬리온 백작은 스트롱 공작의 편지를 떠올렸다.

—내가 상대한 카이로 공작은 매우 편협한 자다. 자신밖에 모르고 세상을 공포로 다스리려고 하지. 그는 폭군이다. 성질도 급하다. 하지만 강하다. 자신의 실력을 과시하고 싶어 하지.

스트롱 공작은 카이로 공작의 성격에 대해서 자세히 적어 놓았다. 덕분에 헬리온 백작은 카이로 공작이 어떤 식으로 나올지 예상할 수가 있었다.

모르긴 몰라도 불같이 화를 내고 있을 터였다. 그의 부하들은 두려움에 덜덜 떨 것이고, 적은 공을 세우기 위해서 새벽부터 전투 준비를 서두를 것이다.

그 결과는 보이는 대로였다.

"엉망진창이군. 우리가 무척이나 우습게 보이나 보군."

헬리온 백작은 입술을 비틀며 말했다. 그는 아침 일찍 일어나 헬리온 백작과 함께하고 있는 헤즐러 자작을 보며 물었다.

"이제 공은 상황이 어떻게 전개될 것이라 생각하시오?"

"적은 공을 다툴 것으로 보입니다. 저들의 형태로 보아 압도적인 힘으로 밀어붙일 것입니다."

헤즐러가 또박또박 대답했다. 이번 전투에 참여하게 된 것은 순전히 소년의 의지였다. 두 노기사는 그런 헤즐러를 말렸다.

헤즐러는 아직 결혼도 하지 않은 소년이다. 당연히 그에게는 영지를 이을 자식이 없었다. 그가 죽으면 영지는 헬리온 백작에게 흡수된다. 아무리 헬리온 백작과 나쁘지 않은 사이라고 하더라도 두 노기사는 그것을 용납할 수가 없었다.

헤즐러의 가문은 명망 높은 가문이다. 아슬란 왕국이 건국되면서부터 존재한 그런 가문이었다. 언젠가 헤즐러가 가문을 부활시키리라 믿어 의심치 않았다.

두 노기사에게 헤즐러는 자식보다 소중한 존재였다. 그런 헤즐러가 성벽에 오르는 위험천만한 일을 내버려 둘 수 없었다. 하나 두 노기사는 헤즐러의 고집을 꺾지 못했다.

'나는 군주입니다. 사부님께서 말씀하시길, 군주는 모든 영지민의 아버지라 하셨습니다. 아버지가 집 안에 들어온 도적과 싸우지 않는다면 누가 싸운다는 말입니까.'

두 노기사는 헤즐러의 말을 듣고 고개를 푹 숙였다. 이제껏 헤즐러를 어리게만 본 것을 인정해야만 했다.

헤즐러는 스승의 말만 듣는 것이 아니었다. 이제는 부족한 점을 스스로 깨닫고 한발 앞으로 나가려고 하고 있었다.

본인은 모르겠지만 헤즐러는 조금씩 성장하고 있었다.

그것을 돕는 역할은 노기사 자신들이 할 일이었다.

헤즐러의 말을 들은 헬리온 백작은 고개를 끄덕였다. 그는 다시 한 번 헤즐러를 보았다. 예전에는 어리게만 보였지만, 지금은 제법 또릿또릿하다. 곤이라는 좋은 스승을 만났기에 소년도 군주로서 재능을 펴고 있는 것이다. 이대로만 자란다면 소년은 좋은 군주가 되리라.

"공의 생각이 맞네. 적들이 왜 저렇게 나오는지 알고 있나?"

"다섯 투신 중의 한 명인 스트롱 공작을 쉽게 제압했기 때문이 아닐까요."

"흠, 영특하구만. 맞네. 저들은 방벽이라 불리는 스트롱 공작을 너무나 쉽게 무너뜨렸네. 하지만 그것이 저들의 발목을 잡을 것이야. 스트롱 공작이 왜 방벽이라 불리는지 알게 될 것일세. 저들은 이미 저주에 걸렸네. 장렬하게 산화하셨지만, 역시 스트롱 공작이라고 말할 수밖에 없겠네."

헬리온 백작의 말을 헤즐러는 다 알아듣지는 못했다. 특히 죽은 사람의 저주에 걸렸다는 말은 이해하기가 힘들었다. 하지만 이것 하나는 알 수가 있었다.

비록 압도적으로 불리한 상황이지만, 아군에게도 희망은 남아 있다는 것.

"이제부터 전투가 시작될 것이네. 자네는 전장에서 조금 떨어져 있는 편이 나을 것 같구만."

"아닙니다. 저도 함께……."

"아닐세. 물론 전장에서 자네가 배울 것은 많을 것이야. 하지만 자네를 보호하기 위해서 많은 병력이 낭비될 것이네. 그것을 바라는가?"

"아닙니다."

헬리온 백작이 무슨 말을 하는지 알아들은 헤즐러는 고개를 흔들었다.

"그럼 멀찌감치 떨어져 있게. 전투는 우리 기사가 하는 것일세."

"알겠습니다."

헤즐러는 두 노기사와 함께 성벽을 내려왔다. 그들은 성안으로 들어가 첨탑으로 향했다. 가장 높은 첨탑이라면 주변 상황을 한눈에 알 수가 있기 때문이다.

빠르게 첨탑을 오른 헤즐러는 엄청난 기세로 달려오고 있는 성벽 아래의 라덴 왕국군을 보았다. 그들이 내뿜는 살기가 헤즐러의 피부에 닿을 정도였다. 온몸에 솜털이 곤두서며 뒷

머리가 쭈뼛거렸다.

영지전과는 비교도 할 수 없을 정도의 강대한 살기였다.

헤즐러는 마른침을 삼키며 두 노기사를 바라보았다.

"저들에게 우리는 정말로 이길 수 있을까요?"

"버텨야지요. 반드시."

두 노기사는 이길 수 있다는 말을 하지 않았다. 그들은 사지로 떠난 곤과 기사들의 임무가 성공하기를 바랄 수밖에 없었다.

그사이 전투가 시작되었다.

헬리온 백작의 병사들은 궁병과 창병, 검수 등이 딱히 나눠져 있지 않았다. 창병과 검수들은 나눌 수밖에 없지만 활은 모두가 필수적으로 배웠다.

"전군 발사 준비!"

부루스 단장이 외쳤다. 그의 말을 따라 각각의 지휘관이 그의 말을 복창했다. 수천 명의 병사들이 화살에 시위를 먹여 하늘을 향해서 들어 올렸다.

두두두두두두!

성벽 아래에서 준비하고 있는 수많은 병사들의 얼굴이 딱딱하게 굳어 있다. 성벽 너머로 어마어마한 진동이 밀려왔다. 그 살기는 집에 숨은 영지민들에게도 닿았다. 아이들은 부모의 품에 안겨 울지도 못하고 얼음처럼 굳어 있었다.

어제의 대학살은 뭐가 뭔지 모른 채 인식도 하기 전에 갑자기 일어났다. 전투가 벌어졌다는 느낌은 크게 없었다. 구역질 나도록 잔인한 학살극만 있었을 뿐.

하지만 오늘은 아니었다. 라덴 왕국군이 성벽을 넘는 순간, 얼마나 많은 사람이 죽을지 알 수가 없었다. 들리는 소문으로 라덴 왕국군은 점령한 영지의 사람들을 노예로 만들든지 아니면 모두 죽인다고 하였다. 하여 놈들이 지나간 자리에는 풀한 포기 남지 않는다고 들었다.

사람들은 두려웠다.

하지만 도망을 칠 수도 없었다. 자신들이 평생 가꿔온 모든 것이 바로 이 자리에 있으니까.

"전군 발사!"

명령이 떨어졌다.

대부분의 병사들이 침착하게 활시위를 놓았다. 몇몇 병사들은 두려움을 이기지 못하고 활을 놓치고 말았다. 놓친 활은 바닥에 떨어졌다.

창피한 일이지만 누구도 그들을 나무라지 않았다.

쒜애애애애액!

대부분의 화살이 성벽 너머로 허공을 뚫고 날아갔다. 수천 발이 넘는 화살이 하늘을 날아가는 장면은 장관이었다.

화살의 비라는 것이 무엇인지 이것을 보면 알 수가 있었다.

하늘의 정점까지 닿은 화살이 자유낙하를 시작했다. 화살의 속도가 점점 빨라지며 미친 듯이 질주하고 있는 라덴 왕국 보병들의 머리 위로 떨어졌다.

"전군 속도를 늦추지 마라! 방패를 머리 위로 들어 올려!"

라덴 왕국군의 지휘관들은 병사들에게 계속 진격할 것을 명령했다. 쉽지 않은 명령이었다. 빠르게 성벽까지 닿을 수 있는 장점이 있지만 반면 성벽에 닿기 전에 큰 희생을 치를 수도 있었다.

아니나 다를까.

쐐애애애애액!

수천 발의 화살이 라덴 왕국군의 보병들을 덮쳤다. 눈이 없는 화살에게 자비란 있을 수가 없었다. 화살촉은 병사들의 눈, 목, 팔과 다리를 꿰뚫었다. 특히 얼굴과 목에 화살을 맞은 병사들은 치명상을 피할 수가 없었다.

그나마 다행인 것은 가슴 부위에는 경갑을 입고 있기에 화살 공격에서 어느 정도 방어가 되어 있다는 것이다.

그렇다고 해도 첫 번째 화살 공격에 상당한 희생을 치렀다. 족히 백 명 이상이 전투 불능이 되고 말았다. 전투 불능이 된 병사들은 동료들이 강제로 엄폐물 뒤로 끌어당겼다. 그렇게 라도 하지 않으면 화살에 맞은 병사들은 힘 한번 써보지 못하고 죽고 만다.

"또 온다!"

라덴 왕국군의 지휘관들이 외쳤다.

그들의 머리 위로 수천 발의 화살 비가 또다시 떨어져 내렸다.

투타탁— 투타탁—

화살이 인간의 몸에 박히는 콩 볶는 소리, 그리고 처절한 비명이 연이어서 들렸다.

상당한 희생을 치렀지만 그들은 빠른 기동력 덕분에 어느새 성벽 근처까지 다다를 수가 있었다. 그들은 해자로 인해서 성벽까지 상당한 거리기 떨어져 있음에도 밧줄을 던져 성벽 끝에 걸었다. 병사들은 밧줄을 잡고 해자를 건너 성벽을 타고 빠르게 기어올랐다.

그들의 모습을 본 헬리온 백작 가문의 지휘관들은 기겁했다. 적들이 이토록 능숙하게 성벽을 공략할 줄은 상상도 하지 못했다.

독을 타서 한 모금만 마시게 되어도 죽음에 이르는 해자를 이토록 간단하게 통과하다니.

헬리온 백작도 부루스 단장도 어쩌면 적의 능력을 과소평가했는지도 모른다. 상대의 전력은 수백 년간 드러나지 않았다. 어떤 형식으로 전투를 벌이는지도 일부분밖에 드러나지 않았다.

"끓는 물을 부어라! 적을 절대로 성벽 위로 올라오게 하지 마라!"

부루스 단장이 언성을 높여 외쳤다.

끓는 물과 기름이 성벽 아래로 마구 부어졌다. 끓는 물과 기름을 뒤집어쓴 라덴 왕국의 병사들이 긴 비명을 지르며 해자로 떨어졌다. 해자 역시 강력한 독을 풀어놓은 상태라 해자로 떨어진 이상 살아남을 수 있는 가능성은 희박했다.

수백 명의 라덴 왕국 병사들이 해자 위로 등을 보인 채 둥둥 떠올랐다.

그렇지만 죽는 적군의 숫자보다 성벽 위를 기어오르는 자가 훨씬 많았다. 몇몇은 벌써 성벽 끝까지 기어올라 병사들과 전투를 벌이기도 했다.

"젠장."

헬리온 백작이 검을 들고 성벽 위로 올라온 적들에게 달려갔다. 자신의 병사들도 꽤 실력이 좋다고 여겼건만, 적에 비해서는 한 수, 아니, 두 수는 아래였다. 놈들의 망설임 없이 검을 휘두르는 모습과 눈빛, 살기만 보아도 얼마나 많은 아수라장을 겪어왔는지 한눈에 알 수가 있었다.

비록 기사 급의 실력은 아니지만, 기사보다도 많은 실전 경험을 쌓은 진짜 병사들이었다.

겨우 두 명의 적군이 성벽 위에 올라섰지만 아군의 피해는 상당했다. 세 명이 바닥에 쓰러지고 네 명이 목이 잘려 해자로 떨어졌다.

역력한 능력의 차이였다. 저토록 무서운 실력을 가진 병사들이 수천 명만 성안으로 넘어온다면? 생각도 하기 싫을 만큼 끔찍한 일이 벌어지고 말 것이다.

"이 개자식들!"

헬리온 백작이 검을 휘둘렀다. 라덴 왕국군 병사들이 급히 검을 들어서 그의 공격을 막아냈다. 먼저 검을 막은 병사의 육신이 반으로 쪼개졌다.

하지만 남은 병사는 헬리온 백작의 검을 막아냈다.

"막아?"

헬리온 백작은 기가 막혔다. 비록 마나를 사용하지 않았다지만, 병사가 그의 검을 막을 수는 없었다. 조금 전, 적의 병사가 그의 검을 막을 때까지는 그렇게 생각했다.

병사는 헬리온 백작이 기사라는 것을 대번에 알아차렸다. 자신이 상대할 수 없는 존재라는 것도. 그는 재빨리 뒤로 물러나려고 했다.

하지만 자존심에 작은 상처를 입은 헬리온 백작의 손을 벗어날 수는 없었다. 병사는 헬리온 백작의 움직임을 포착하지 못했다.

"어?"

그의 유언은 그 한마디였다.

헬리온 백작의 검이 정확히 병사의 목젖을 잘라냈다. 반으로 갈라진 목젖이 위아래로 갈라지며 엄청난 피분수를 내뿜었다.

헬리온 백작은 검을 하늘 위로 들어 올리며 아군에게 소리쳤다.

"단 한 놈도 성벽 위에 올리지 마라! 목숨을 바쳐라! 그렇다면 우리는 적을 쉽게 물리칠 수 있을 것이다!"

*　　　*　　　*

홀몬 산맥의 기온은 지상과 비교도 되지 않았다. 중턱을 넘어서자 따뜻한 영지와는 다르게 영하로 온도가 떨어졌다. 아슬란 왕국은 겨울이 없다. 봄, 여름, 가을 삼 계절뿐이다. 추위는 있지만, 영하까지 내려가는 온도는 거의 겪어본 적이 없었다.

영지에서 홀몬 산맥 정상의 만년설이 보였다. 그러나 대부분이 만년설을 직접 만져 본 것은 처음이었다.

그 강렬함이란 이루 말을 할 수가 없었다. 몇몇 기사는 신이 나서 '우와, 이거 먹을 수도 있어. 엄청 차가워'라며 흥분하기도 했다.

여름에 이렇게 차가운 물을 먹을 수 있다면 세상 어떤 것도 부러워할 것이 없을 거라며 말하기도 했다.

하지만 만년설 주변의 온도는 너무도 낮았다. 바람이 한번 불면 피부가 찢어져 나갈 것과 같은 차가운 기온.

다행히도 기사들의 길잡이를 하고 있는 키스톤이 아니었다면 큰 낭패를 봤을 것이다. 이미 한 번 라덴 왕국으로 향하기 위해서 산맥을 넘은 그였다. 얼마나 많은 고생을 했을지 짐작도 가지 않는다.

키스톤은 반드시 두꺼운 옷 한 벌을 챙겨야 한다고 주장했다. 곤은 그들의 말을 들었다. 몇몇 기사들은 '추워야 얼마나 춥다고, 마나로 몸을 보호하면 되는데' 라며 콧방귀를 뀌기도 했다.

하지만 콧방귀를 뀐 그들 역시 옷을 챙겨 오길 잘했다면서 안도의 한숨을 내쉬었다.

적은 추위뿐만이 아니었다. 만년설로 뒤덮인 산 정상에도 설인이라는 몬스터가 존재했다. 설인은 2미터가 넘는 신장에 하얀색 털로 뒤덮여 있었다. 발과 손이 크고 강력한 힘과 두꺼운 피부를 보유했다. 길고 질긴 털과 두꺼운 피부로 보호되고 있는 설인의 방어력은 상당했다. 사실 모든 기사가 설인이라는 몬스터를 처음으로 봐서 초반엔 낭패를 보기도 했다.

만약 카시어스가 설인에 대해서 말을 해주지 않았다면 산맥을 넘기도 전에 사상자를 낼 수도 있었다. 방심을 한 기사들은 곤에게 호되게 혼이 났고, 다시는 그러지 않겠다고 다짐했다.

설인은 약 100마리 이상의 큰 피해를 본 후 멀찌감치 떨어진 곳에서 지켜볼 뿐 더 이상 공격해 오지 않았다. 덕분에 한숨 돌린 곤과 기사들은 어렵사리 산맥을 넘었다.

산맥을 넘고 만년설을 지나자 다시금 기온이 높아졌다. 정글처럼 높은 나무들이 가득했으며, 독충과 몬스터들의 습격이 이어졌다.

하지만 홀몬 산맥을 넘으며 한 번 겪은 고생길이다. 비록 힘들기는 하지만 기사들은 큰 어려움 없이 산맥을 내려갈 수가 있었다.

헬리온 백작의 최고 전력이라고 할 수 있는 마법사 린다맨. 그만 있다면 어느 정도 아군의 전력을 보존할 수가 있었다. 전투 마법사인 린다맨은 헬리온 백작에게 있어서 비밀 병기나 마찬가지였다. 그런 그가 곤과 함께했다. 이를 보아 헬리온 백작이 이번 일에 사력을 다했다는 것을 알 수 있었다.

당연한 말이지만 린다맨은 자존심이 강했다. 6서클의 대마법사로서 왕국을 모두 뒤져도 자신보다 강한 마법사는 열 명이 넘지 않는다는 것을 알고 있었다. 어쩌면 죽기 전에 7서클의 마법사가 될지도 모른다.

그런 린다맨이, 나이도 환갑이 넘은 린다맨이 기가 죽었다. 그는 계속해서 누군가의 눈치를 보았다.

린다맨은 조심스럽게 곤에게 다가와 물었다. 몇 번이나 같은 대답을 들었지만 포기할 수는 없었다.

"제발 대답을 해주게. 저 젊은 처자는 누군가?"

린다맨은 카시어스를 슬쩍 눈길로 가리켰다. 차마 손가락으로 가리킬 수는 없었다. 겉으로 보기에는 20대 초반의 젊은 여성이지만 속은 그렇지가 않았다. 그녀의 마법 수준은 린다맨조차 까마득히 초월했다. 린다맨으로서는 꿈에서조차 보지 못한 최고급 마법을 장난처럼 남발하는 미친 여자가 바로 카시어스였다.

처음에는 눈을 의심했다. 설인들을 물리치고 이럴 때는 불꽃놀이로 마음을 달래야 한다면서 어두운 하늘을 향해서 헬 파이어를 쏘아 올아 올렸을 때. 세상에 어떤 누가 8서클의 대인 최강의 마법이라는 헬 파이어를 불꽃놀이를 하기 위해 하늘을 향해 쏘겠는가.

헤즐러 자작 소속 기사들은 손바닥을 치며 '우와, 카시어스 님, 진짜 멋있어요', '대박! 역시 카시어스 님. 우리 영지에 카시어스 님이 없으면 무슨 재미로 살까요'라며 입에 침이 마르도록 칭찬했다.

보아하니 카시어스란 여자는 영지 내에서도 종종 저런 기행을 하는 모양이었다.

그 외에도 카시어스는 말도 안 되는 마법을 종종 선보였다. 너무 추워서 잠이 안 올 때 하늘에 인공 태양을 만들어서 모두에게 아늑한 잠자리를 제공했다. 정확한 마법 명은 선 라이징. 그것 역시 8서클에 달하는 최고위급 마법이다. 현재 인간 세상에서는 의문의 영웅들을 빼고는 행할 자가 없다고 알려져 있었다.

처음에는 반신반의하던 린다맨은 카시어스가 자신과는 차원이 다른 마법사라는 것을 인정해야만 했다.

솔직히 린다맨은 카시어스가 저렇게 젊은 나이에 8서클 이상의 초고위 마법사가 된 것을 믿을 수가 없었다. 6서클과 7서클의 위력은 천지 차이다. 6서클과 7서클은 약 36배의 위력 차이가 난다고 알려져 있었다. 6서클과 8서클은 훨씬 더 차이가 난다. 모르긴 해도 100배 이상의 차이가 나지 않을까 조심스럽게 점쳤다.

대륙의 모든 나라가 6서클을 넘어서는 마법사를 모시기 위해서 혈안이 되어 있는 이유이기도 했다. 만약 7서클의 마법사를 초빙한다면 36명의 6서클 마법사가 한꺼번에 마법을 펼치는 것과도 비슷한 위력을 발휘하니까.

8서클의 마법사를 국가가 보유하고 있다? 그것은 1인이 한 왕국을 마법으로 끝장낼 수도 있다는 말과도 같았다. 당연히

8서클 이상의 마법사를 보유하고 있는 왕국은 절대로 그것을 발설하지 않았다. 국가 기밀 중에서도 기밀. 만에 하나 8서클 이상의 마법사가 암살이라도 당한다면 그것은 어마어마한 국가적 손실이 아닐 수 없었다.

한데 얼마 전까지만 하더라도 영지의 존립이 위태롭던 헤즐러 자작의 영지에 저런 괴물이 다수 있다는 것이 믿기지 않는 린다맨이다.

솔직히 말하면 곤 한 명만 특출 나게 강하다고 생각했다. 그는 최소한 마스터 급의 기사. 그 정도로 대단한 기사이니 리토스 자작과의 영지전을 무사히 치를 수가 있었을 거라고 생각한 것이다.

그런데 헤즐러 자작의 영지에는 곤만 있는 것이 아니었다. 썽과 안드리안이라는 괴물 기사. 이 둘의 무력은 헬리온 백작의 기사들을 월등히 넘어섰다. 솔직히 섬광의 부루스도 저 둘에게는 한 수 밀릴 것 같았다. 그들만 있는 것이 아니었다. 스무 명의 최상급 기사. 그들의 무력 역시 상상을 초월했다.

스무 명의 기사가 부하처럼 부리는 나머지 하급 기사들 또한 마찬가지였다. 다른 곳에 가면 얼마든지 허리를 펼 수 있는 실력을 가진 자들이었다.

그런 자들이 병사들보다 못하게 마구 굴렀다.

린다맨 입장에서는 기가 찰 노릇이었다.

마지막으로 카시어스와 데몬고르곤이라는 두 남녀.

이들은 괴물 수준을 넘어섰다. 씽이라는 괴물 기사가 데몬고르곤에게 상대가 되지 않았다. 그야말로 압도적인 무력. 60년 가까이 살아오면서 린다맨은 데몬고르곤처럼 강한 자를 처음으로 봤다. 투신이라 불리는 헬리온 백작을 월등히 능가하는 압도적인 힘과 속도였다.

카시어스는 두말할 필요가 없었다.

이들 모두가 헤즐러 자작 소속의 기사와 마법사라는 것.

이게 말이 되는가?

숫자가 아닌 질적으로, 이 정도의 전력이라면 일개 왕국과도 맞먹을 정도이다.

그렇기에 린다맨은 계속해서 곤에게 묻고 있는 것이다.

곤은 솔직하게 말했다.

"별것 아닙니다. 그냥 어찌하다 보니 이렇게 모이게 된 겁니다."

곤은 솔직하게 말을 했지만 린다맨은 믿을 수가 없었다. 이 정도의 전력이 어찌하다 보니 모여? 린다맨은 곤이 거짓말을 하고 있다고 여겼다.

"자네, 보기보다는 음흉해."

곤은 어이가 없는 표정을 지었다. 린다맨은 말끝마다 자신을 음흉하다고 했다. 도대체 어디가? 그는 린다맨의 표정을 살폈다.

확실히 린다맨은 진심으로 자신을 음흉하다고 여기고 있었다. 이해가 가지 않는 곤이다.

"카시어스에게 관심이 많으시죠?"

곤이 물었다.

"음? 아, 뭐, 좀. 같은 마법사로서 흥미가 가는 것은 당연하지 않겠나."

조금은 당황하는 모습을 보이는 린다맨이다. 아무래도 정곡을 찌른 듯하다.

하긴 자신보다 젊어 보이는 카시어스가 훨씬 높은 수준에 도달한 마법사라는 것을 봤으니 자존심이 많이 상했을 것이다. 더해서 그녀에 대한 호기심도 많을 테고.

"둘이서 얘기를 좀 해보시죠."

"얘기? 무슨 얘기 말인가?"

"궁금할 것이 많으신 것 같아서요."

"큼큼, 그래도 되겠는가?"

"당연하죠. 카시어스도 즐거워할 겁니다."

"그, 그럴까? 그럼 좀 부탁해도 되겠나?"

"알겠습니다."

곤은 싱긋 웃으며 카시어스에게 다가갔다. 그는 멀찌감치 떨어져서 한껏 기대에 부푼 린다맨을 힐끗 본 후 카시어스에게 물었다.

"저 마법사와 대화를 좀 할 수 있겠어?"

카시어스는 린다맨을 보고는 고개를 팍 돌렸다.

"싫어?"

카시어스는 단박에 거절했다.

"왜?"

눈살을 찌푸린 곤이 되물었다.

"노인네잖아."

"노인네가 뭐?"

"나는 오랜만에 세상에 나왔다고. 늙은이들이랑 얘기하기 싫어. 무조건 젊은 남자들하고만 대화할 거야. 몸으로 하는 대화도 좋고. 나는 젊은 사람의 생기가 필요해."

정말 욕 나온다.

데몬고르곤도 그렇고 카시어스도 일반적인 상식을 가진 사람들과는 많이 달랐다.

그렇다고 강제로 명령을 할 수는 없었다. 영지를 통틀어 곤의 말을 듣지 않는 사람이 딱 둘 있었는데 그 둘이 바로 데몬고르곤과 카시어스였다. 물론 둘은 실력 또한 어마어마했다.

"그러지 말고 한 수 가르쳐 줬으면 좋겠는데."

"한 수?"

"그래. 네 제자로 삼아도 좋고."

"우웩! 저런 늙은이를 제자로 삼아서 어디다 써? 사양할 게."

"저자는 린다맨이라는 상위 마법사야. 당연히 젊고 싱싱한 제자가 많이 있지. 잘생긴 자들도 많더라고. 당신이 저자의 스승이 되면 그의 제자들 역시 당신의 것이 돼."

"그래?"

카시어스의 눈빛이 좋은 장난감을 가진 아이처럼 반짝거렸다.

그런 카시어스를 보며 곤은 쓴웃음을 지었다. 카시어스와 데몬고르곤은 무지막지할 정도로 강하다. 성격도 들쑥날쑥하다. 고집도 세서 한번 난장을 피우면 수습 불가였다. 그런 그들이지만 다루기 어려운 것은 아니었다.

귀가 얇아 비위만 잘 맞춰주면 금방 넘어왔다. 지금도 그렇다. 곤의 말에 카시어스는 표정이 밝아지며 린다맨에게 다가갔다.

"어이, 노인네, 내가 잘 가르쳐 줄게."

사람의 속을 뒤집는 저런 말만 아니라면 더욱 좋을 텐데.

그때였다.

위이이잉!

린다맨이 품에 있던 수정구를 들었다. 그가 가진 수정구는 리치 킹의 유적에서 발견한 최상급의 마법 아이템이었다. 능력은 화상으로 서로에게 연락을 주고받을 수 있는 것이다.

고위급 마법사라고 하더라도 실시간으로 화상 연락은 할 수가 없었다. 비슷한 마법이 있지만 효력이 확실히 달랐다. 먼저 이쪽 상황을 자료 저장 마법으로 녹화한 후 상대방에게 보낸다. 도달한 마법을 확인하기 위해서는 같은 수준의 마법사가 필요했다. 그리고 그것을 일일이 분석, 파훼를 해야 한다.

즉 영상 마법을 확인하기 위해서는 최소 12시간 이상의 시간이 필요했다.

언제 어떻게 상황이 바뀔지 알 수 없는 상황에서 12시간은 엄청나게 길었다. 정보량의 부족으로 치명타를 입을 수도 있었다.

그런데 실시간으로 상대방과 대화를 할 수 있는 마법 아이템이라니.

가히 혁명에 가까운 마법이다.

수정구에 린다맨의 수석 제자인 중년의 사내 코렌이 나타났다.

"무슨 일이냐?"

린다맨이 물었다.

―지금 어디쯤 가셨습니까?

코렌이 되물었다.

"흘린 산맥에서 하산 중이다. 왜 그러느냐?"

─조금 서둘러 주실 수 없겠습니까?

코렌의 얼굴은 딱딱하게 굳어 있었다. 그의 뒤편에서는 병장기 소리가 나는 듯했다.

"최대한의 속도로 가는 중이다. 영지에 무슨 일이 있느냐?"

린다맨이 다시 한 번 물었다.

─적의 반격이 예상외로 강합니다.

"으음."

린다맨이 신음을 흘렸다. 헬리온 백작은 어지간해서는 앓는 소리를 하지 않는다. 이제껏 그런 적이 단 한 번도 없었다.

헬리온 백작은 사지로 떠난 그들에게 위험부담을 주지 않기 위해서 어지간해서는 연락을 하지 않을 것이다. 그의 성격대로라면.

아마도 수정구로 연락이 온 것은 코렌의 단독 행동일 가능성이 높았다.

"많이 안 좋더냐?"

─상당히 안 좋습니다.

"얼마나?"

─오늘도 성벽이 두 차례나 적들에게 점령되었습니다. 헬리온 백작 각하와 기사들이 사력을 다해 막아냈기에 망정이

지 조금만 늦었어도 성은 놈들에 의해서 불탔을 겁니다.

간략하게 말하지만 당시의 상황이 얼마나 다급했을지 머릿속에 그려졌다.

"며칠이나 버틸 수 있을 것 같은가?"

—솔직히 모르겠습니다. 그저 스승님께서 서둘러 목적을 이루시는 것만이 희망입니다. 물론 스승님께서는 저희보다 더 힘든 임무를 맡고 있지만.

코렌은 길게 한숨을 내쉬었다. 자신들도 목숨을 걸고 적을 막아내고 있지만, 스승과 기사들은 더욱 힘든 가시밭길을 가고 있다는 것을 알고 있기 때문이다. 그렇게 재촉할 수가 없었다.

"서두르도록 하지."

—죄송합니다.

"자네가 죄송할 것이 무엇이 있나. 자네도 최선을 다해서 백작 각하를 서포트하도록."

—알겠습니다. 신께서 스승님께 자비를 주시길……

"자네 역시."

수정구에서 코렌이 사라졌다. 린다맨은 수정구를 품 안에 갈무리했다.

마법사는 신을 믿지 않는다. 신을 믿는 것은 마법사의 영원한 화두인 마법과 연금술을 거부하는 것과 같다. 하여 신관과 마법사들은 같은 연구를 하지만 사이는 좋지 않았다.

그런데 코렌이 신을 언급했다. 그만큼 상황이 급박하고 간절하다는 뜻일 것이다.

린다맨은 곤과 기사들을 보며 말했다.

"모두 들었지? 상황이 매우 좋지 않다. 최소한의 휴식만 취하고 서둘러 산맥을 내려간다. 괜찮겠지?"

린다맨은 곤을 보며 물었다. 곤은 고개를 끄덕였다. 영지의 상황은 예상보다 훨씬 좋지 않은 듯했다. 그렇다면 최대한으로 거리를 좁혀 시간을 줄일 수밖에 없었다.

Chapter 9. 최후의 유격대

헬리온 백작과 부루스 단장, 그리고 몇몇 사람이 성벽 위에서 부서진 달을 보고 지켜보고 있었다. 어쩐지 오늘따라 달빛은 더욱 짙고 붉게 빛나고 있는 것 같았다.

개전 보름째.

믿을 수 없게도 사상자는 4천 명 가까이 되었다. 사망자 1천 명에 중상자 1천 명, 다행히도 조금만 쉬면 전투에 투입될 수 있는 경상자가 2천 명.

군의관들의 말에 의하면 중상자 상당수가 생사를 헤매고 있고, 나머지도 최소 열흘 이상 요양을 취해야 정상적인 생활이 가능하다고 하였다.

즉 2천 명에 달하는 병사가 전장에서 이탈한 것이다.

적의 희생은 아군보다 컸다. 집계된 시체의 수만 3천 명이 넘었다. 부상자는 훨씬 많을 것이다.

하지만 성벽과 토성, 해자를 방어벽으로 해서 공성전을 치른 것치고는 형편없는 전과였다. 보통 성을 안전하게 공략하기 위해서는 열 배에 달하는 병력이 있어야 한다는 것이 전략적인 상식이다.

못해도 다섯 배 이상의 병력은 차이가 나야 한다.

그만큼 성을 공략하기란 어려운 일 중의 하나였다.

그런데 겨우 2천 명이 전투 불능이 된 상태에서 적은 3천 명 정도의 사상자라니.

기가 막힐 노릇이었다.

더군다나 적은 보병만 투입된 상태였다. 아직 본격적으로 공성전을 나서지도 않았다. 하지만 아군은 전력을 다해서 적을 맞이했다.

더욱 강한 적이라면 단숨에 성벽이 무너질 위험성도 있었다.

"어쩌실 생각입니까?"

부루스 단장이 물었다. 그 역시 참담한 현실에 앞이 보이지가 않을 지경이었다. 단 이틀 만에 투신 헬리온 백작과 그의 병사들이 이토록 몰릴 줄은 상상하지 못했다. 정확히는 라덴 왕국군의 전투력이 그토록 높은지 예상하지 못한 것이다.

제국군과 견줘도 손색이 없을 정도였다.

도대체 어떤 식으로 훈련을 하면 저토록 강력한 군대를 육성할 수 있는지 물어보고 싶을 정도였다. 물론 부루스 단장을 비롯하여 거의 모든 지휘관은 라덴 왕국이 어떤 피의 길을 걸어왔는지 모르기 때문에 그렇게 생각한 것이다.

"내게 맡기시오."

"백작 각하께요? 무슨 생각이 있으십니까?"

부루스 단장이 조금은 불안한 표정으로 물었다.

"해봐야지."

부루스 단장과 지휘관들은 더 이상 묻지 않았다.

개전 20일째.

라덴 왕국군은 초반과는 다르게 일사불란하게 공격해 왔다. 아직 2만 명 가까이 남아 있는 보병들이 차근차근 접근해 왔고, 그 사이로 바실리스크 부대가 곳곳에 포진했다.

"쏴라!"

부루스 단장의 명령에 맞춰 수천 발의 화살이 허공을 날았다. 화살은 라덴 왕국군 병사들의 머리 위로 떨어졌다.

하지만 어제처럼 그들에게는 큰 피해를 입힐 수가 없었다.

미리 방비를 했는지 상당한 크기의 라운드 실드를 머리 위로 들어 올려 화살 공격을 막아냈다. 화살이 멈추면 그들은 다시 전진했다.

바실리스크에 대한 공격도 마찬가지였다. 놈들은 피어를 내질러 순간적으로 음파의 벽을 만들 수가 있었다. 화살은 음파의 벽을 통과하지 못한다. 음파의 벽에 닿자마자 그대로 분해되었다.

"화살 공격이 통하지 않습니다!"

병사들이 다급하게 외쳤다. 화살은 단순한 공격 수단이 아니었다. 공성전에서는 가장 첫 번째로 사용되는 공격 수단이며, 적에게 얼마나 많은 타격을 주느냐에 따라서 아군의 사기가 올라갔다.

지금처럼 적에게 전혀 타격을 입히지 못하면 병사들은 동요한다.

"으음."

헬리온 백작은 신음을 삼켰다. 화살 공격이 통하지 않는다면 곧바로 성벽에서의 싸움으로 돌입한다. 적이 성벽 밑까지 큰 위협 없이 다가오는 것만큼 위험한 것도 없었다.

"마법사들은 준비가 됐나?"

헬리온 백작이 외쳤다.

린다맨의 수석 제자인 코렌이 고개를 끄덕였다. 영지에 존재하는 마법사는 모두 열 명이다. 열 명 전원이 린다맨의 제 자였다.

코렌은 5서클 마법사, 나머지는 4서클과 3서클 마법사들이 다.

사실 3서클의 마법사는 대단위 공격 마법을 사용하지 못한 다. 전투에서 도움이 되는 마법사는 대부분이 4서클 이상의 능력을 가졌다. 그렇지만 3서클 마법사도 동원되어야 할 정 도로 상황은 심각하게 좋지 않았다.

"부탁하네."

헬리온 백작은 코렌에게 말했다.

"최선을 다하겠습니다."

열 명의 마법사가 성벽 위에서 일자로 늘어섰다. 마법사들 이 성벽 위에 모습을 드러내는 것만큼 위험천만한 일은 없었 다. 마법사는 전투에서 반드시 보호를 받아야 할 존재들. 최 소한 프리스트나 기사들이 그들 주변에 배치되어야 한다.

하지만 상황이 상황인 만큼 그들을 보호할 기사는 겨우 다 섯 명에 지나지 않았다.

"파이어 월!"

"파이어 봄!"

"익스플로전!"

열 명의 마법사가 동시에 주문을 외웠다. 주문이 끝남과 동시에 수백 미터 떨어진 전장에서 강대한 불길이 치솟아 올랐다.

특히 코렌이 만들어낸 파이어 월은 높이 5미터, 반경 50미터를 삽시간에 집어삼켜 버렸다. 지금껏 벙어리처럼 한 마디도 하지 않은 채 성벽을 향해 다가오던 수많은 적군이 비명을 지르며 불속에서 재가 되어버렸다.

"마나가 바닥날 때까지 모조리 퍼부어!"

코렌은 형제와 같은 사제들에게 부탁이 아닌 명령을 했다. 그는 사부가 이곳으로 돌아오기까지 필사적으로 임할 것이다. 사제들도 자신을 이해해 주길 바랐다.

그의 의지가 느껴졌을까.

사제들은 사력을 다해서 자신이 할 수 있는 모든 마법을 쏟아부었다.

전방에서 연쇄적으로 폭발이 일어나고 수백 명이 넘는 적군이 불타 죽었다. 바실리스크의 음파 가드도 광대역 마법을 견디지 못했다. 수십 마리의 바실리스크가 불길을 견디지 못하고 바닥을 뒹굴었다. 바실리스크를 타고 있던 기사들이 바닥에 떨어졌다. 그들은 살아남지 못했다. 불길에 휩싸인 바실리스크가 자신의 주인을 짓뭉개 버렸기 때문이다.

"와아아아아아!"

헬리온 백작의 병사들이 환호성을 질렀다. 사기는 단숨에 올라갔다.

"지금이야! 지금이라면 화살 공격이 통한다!"

헬리온 백작이 명령을 내렸다. 그의 명령에 따라 궁병들이 수천 발의 화살을 적들에게 쏘았다.

헬리온 백작의 말대로였다. 당황하여 우왕좌왕하는 적군들이 화살에 맞아서 하나둘 쓰러졌다.

그러나 거기까지였다. 적들도 반격을 시작했다.

뿌우우우우—!

거대한, 성벽에서 봐도 엄청난 크기의 몬스터들이 모습을 드러냈다. 신장만 하더라도 오거보다 크다. 거대한 상아가 하늘을 향해 솟구쳐 있었으며 네 발로 빠르게 걸었다.

몬스터의 이름은 빅 엘리펀트.

중앙대륙 남방에 소수만 살아 있다는 대형 몬스터 중의 하나였다. 몬스터이긴 하지만 포악하지 않고 식인을 하지도 않았다. 하지만 너무도 엄청난 식성 탓에 숲이 파괴되는 일이 비일비재했다.

하여 남방에 위치한 남야나 신성왕국이 빅 엘리펀트를 멸종시켰다고 전해진다. 빅 엘리펀트가 사람들의 시선에서 사라진 지 이미 백 년의 세월이 지났다.

그런 대형 몬스터가 지금 헬리온 백작 가문의 영지에 모습을 드러낸 것이다.

빅 엘리펀트는 거대한 코를 이용해 몇 톤이나 되는 바위를 들어 던졌다.

피이이잉!

놀랍게도 바위는 수백 미터 이상을 날아서 성벽까지 다다랐다.

콰아아앙!

바위에 맞은 성벽이 으스러졌다. 성벽 위에 있던 병사들이 충격을 이기지 못하고 떨어졌다. 몇몇은 해자로, 몇몇은 해자가 없는 곳에 머리부터 고꾸라졌다. 성벽에서 떨어진 병사들은 한 명도 살아남지 못했다.

바위는 한두 개가 아니었다.

단 번에 천 개 이상의 바위가 하늘을 새카맣게 메웠다. 그 말은 빅 엘리펀트가 천 마리 가깝게 있다는 것과 같았다.

쿠쿠쿠쿠쿠쿵!

바위에 맞은 성벽이 무너지기 시작했다. 무너진 성벽이 해자를 메웠다. 한때 많은 물고기가 살고 경치가 좋아 마을 사람들의 볼거리로 유명했던 해자에 이번 전투를 위해서 독을 푸는 일까지 감행했지만 모두가 무용지물이 되고 말았다.

무너진 성벽으로 인해 해자에 길이 생기고 말았으니까.

바위는 성벽만 때린 것이 아니었다. 성벽 안으로 날아가 민간인 거주 지역까지 초토화시켰다. 수백 명 이상이 죽고 다쳤다.

부모를 잃은 아이들의 울음소리가 성안을 가득 채웠다.

"크흑, 론 사제! 론 사제!"

이마에서 피를 흘리는 코렌이 머리를 흔들었다. 귀가 멍멍 울리고 정신이 아득해지는 느낌을 받았다. 그래도 정신을 차려야 한다. 가까스로 정신을 차린 그는 주위를 돌아보았다. 바로 옆의 성벽이 무너졌다. 그와 같이 서 있던 사제 중 단 한 명밖에 보이지 않았다.

코렌은 쓰러져 있는 론 사제를 흔들었다. 론 사제가 신음을 흘리며 코렌을 올려다보았다.

"사, 사형."

"그래, 나다. 괜찮나?"

"저, 저는 괜찮습니다. 하지만… 하지만 사제들이……."

론은 울음을 터뜨리고 말았다.

"왜? 무슨 일이냐?"

코렌은 심장이 덜컥 내려앉는 느낌을 받았다. 그게 어떤 느낌인지 코렌은 본능적으로 느꼈다. 다른 사제들이 보이지 않는다. 그렇다고 입을 다물고 있을 수는 없었다.

"사, 사제들이 바위에 맞았습니다. 크흐흐흑!"

론은 무너진 성벽을 가리켰다.

코렌은 팔다리가 덜덜 떨렸다. 도저히 서 있을 수가 없었다. 그는 털썩 주저앉은 채 무너진 성벽으로 기어서 다가갔다.

솔직히 무너진 성벽 아래를 보고 싶지 않았다. 도저히 볼 엄두가 나지 않았다.

그러나 그는 대사형이다. 형제들의 생사를 확인할 책임과 의무가 있었다.

"꿀꺽."

마른침을 삼킨 코렌은 조심스럽게 고개를 내밀어 성벽 밑을 바라봤다. 성벽 밑에는 바위에 맞아서 산산조각이 난 사제와 목과 팔다리가 기이하게 꺾여서 죽은 사제들의 시체가 한꺼번에 뒤섞여 있었다.

"우에에에엑!"

갑작스럽게 올라오는 신물을 도저히 참지 못한 코렌은 속에 있는 것을 모두 게워내고 말았다. 입과 코에서 노란 액체가 성벽 위로 뚝뚝 떨어졌다.

"으흑, 으흐흐흑. 사제, 사제!"

코렌의 머릿속에 오랜 시간 함께해 온 사제들과의 추억이 스쳐 지나갔다. 가장 어린 사제는 코렌이 젖먹이부터 키운 것이나 다름없었다. 가끔은 아들처럼 느껴지기도 했다. 그런 사제들이 모조리 죽임을 당하고 말았다.

코렌은 주저앉은 채 울음을 터뜨렸다.

쐐애애애애액!

그의 귓가에 다시금 공간을 가르는 소리가 들렸다. 그것이 무엇인지 보지 않아도 알 수 있었다. 빅 엘리펀트가 던진 수많은 바위가 날아오고 있을 것이다.

도저히 얼굴을 들지 못하겠다. 바위를 보는 순간, 자신의 생명은 끝장이 날 것이기에.

그때였다.

캄렌이 나타나 코렌의 앞을 가로막았다. 코렌도 캄렌이 누군지 알고 있다. 헤즐러 자작 영지의 유일한 마법사. 하지만 그는 겨우 2서클 수준의 마법을 사용할 수 있었다. 수준이 낮아서 전투에는 전혀 도움이 되지 않는다고 생각했다.

그런 그가 날아오는 수많은 바위 앞을 정면으로 막아선 것이다.

"이, 이봐, 피해. 거기서 뭐하는 거야?"

캄렌은 코렌을 향해서 씁쓸한 미소를 지었다.

"죄송합니다. 용기가 없어서 이제야 나서게 됐습니다."

"자네가 지금 나선 것은 용기가 아니라 자만일세. 개죽음을 당하기 싫으면 서둘러 몸을 피해!"

코렌이 외쳤지만 캄렌은 요지부동이었다.

캄렌은 전설급 마법 무기인 이글 포스 스태프를 들어 올렸다. 엄청난 힘이 그에게 유입되었다. 옆에서 보기에도 마나의 형체가 뚜렷했다.

코렌은 깜짝 놀라고 말았다. 사부를 능가할 정도의 강대한 마나의 양. 어떻게 이 짧은 시간에 저토록 많은 마나를 모을 수가 있단 말인가. 마나를 모을 수 있다는 말은 단전의 크기가 커졌다는 것과도 같았다.

"말도 안 돼!"

코렌은 외쳤지만 그의 말은 캄렌에게 들리지 않는 듯했다.

캄렌의 이글 포스에서 강대한 힘이 성벽 전체로 뻗어 나갔다. 그가 조용히 주문을 외웠다.

"아이언 가드."

순간적으로 투명한 막이 성벽을 감쌌다. 동시에 수 톤이 넘는 바위들이 투명한 막을 때렸다.

쿠쿠쿠쿠쿵—!

투명한 막은 좌우로 흔들리며 요동을 쳤다. 유리처럼 금방이라도 깨질 것처럼 보였다. 그렇지만 아이언 가드는 끝내 깨지지 않았다. 엄청난 수의 바위가 아이언 가드를 깨지 못하고 해자로 떨어졌다.

풍덩! 풍덩! 풍덩!

너무도 크고 많은 바위이기에 해자는 금방 채워졌다. 이제 해자는 방어 지대로서 역할을 하지 못한다. 그럼에도 병사들은 환호성을 내질렀다.

전혀 예상치 못한 마법사가 나타나 수백 개가 넘는 바위를 모조리 막아낸 것 자체가 그들의 사기를 빠르게 올렸다.

"아, 아이언 가드?"

코렌은 믿을 수 없다는 듯이 중얼거렸다. 아이언 가드는 그의 사부인 린다맨도 펼칠 수가 있었다. 하나 지금처럼 광범위하게 펼치지는 못한다. 아니, 최대한으로 가드를 펼친다고 하더라도 성의 반 정도밖에 감싸지 못할 것이다.

그렇다는 말은 2서클의 마법사로 알려져 있는 캄렌이 사부보다 강하다는 말인가?

도저히 믿을 수가 없었다.

크오오오오오!

적군들이 전진하기 시작했다. 보병과 바실리스크가 한꺼번에 무너진 성벽을 향해서 진군했다.

아군이 무너진 성벽을 향해 모래주머니를 던져 쌓았다. 그러나 시간이 부족했다. 무너진 성벽이 메워지기 전에 놈들이 먼저 도착할 것이다.

"활을 쏴라! 놈들의 접근을 막아!"

곳곳에서 지휘관들이 외쳤다. 화살은 빗발치듯 날아가고, 적들은 끊임없이 밀려왔다.

"제가 할 수 있는 최고의 마법은 이거예요. 하지만 아직 마나가 불안정해서 단 한 발밖에 쓰지 못해요. 그러니까 제가 마법을 쓸 때, 그 약간의 틈새가 기회예요."

캄렌이 말했다.

코렌은 그가 누구에게 말을 하는지 알지 못했다.

순간,

캄렌의 주문과 함께 하늘에서 강렬한 섬광이 빛났다. 그 거대한 섬광은 빅 엘리펀트 부대가 있는 중앙으로 떨어졌다.

콰아아아아앙!

이제껏 누구도 보지 못한 거대한 폭발이 일어났다. 수백 미터 상공까지 버섯구름이 치솟아 올랐다. 폭발력의 여파는 상상을 초월하여 빅 엘리펀트가 있는 부대를 한꺼번에 집어삼켰다.

아군도 적군도 벌어진 입을 다물지 못했다.

"메, 메, 메테오?"

마법사라면 누구도 마다 않는 꿈의 공격 마법을 2서클의 마법사가 실현시켰다.

코렌은 덜덜 떨리는 심장 박동을 잡지 못했다. 그저 멍하니 넋이 나간 것처럼 불길에 휩싸인 적진과 캄렌을 번갈아가면서 쳐다볼 뿐이었다.

전장의 모든 것이 일순간에 멈췄다.

감히 누가 이런 가공할 장면을 상상이나 했을까.

말도 안 되는 마법을 성공시킨 캄렌은 피를 토하며 쓰러졌다.

"이, 이보게!"

코렌이 급히 달려가 쓰러진 캄렌은 부축했다. 캄렌의 얼굴이 흑색으로 변해 있었다. 그는 숨을 쉬지 못하는 것처럼 입술이 새파랗게 변했다.

과도한 마나를 사용한 부작용이었다. 대부분의 마법사들이 한 번쯤은 겪는 부작용이다. 하지만 워낙 고통이 심해서 한 번 겪으면 다시는 도를 넘어서 마나를 사용하지 않는다.

더군다나 캄렌이 사용한 것은 대파괴 마법. 한도를 훨씬 넘은 마법을 사용했으니 그의 육체가 견디지 못하는 것은 어찌 보면 당연했다. 죽지 않은 것이 다행이었다. 설사 회복이 된다고 하더라도 상당한 기간 동안 몸을 추슬러야 할 것이다.

덜컹!

갑작스럽게 성문이 열렸다.

깜짝 놀란 코렌과 많은 병사들이 성문을 바라보았다. 성문 안에서는 헬리온 백작과 그의 섬광 기사단이 적들을 향해서 달려 나가고 있었다.

"영주님!"

부루스 단장이 외쳤다. 어제 자신을 믿어달라고 한 말이 이것이었던가. 설마 이토록 무모한 일을 벌일 줄은 상상도 하지 못했다. 영주가 소수의 기사를 이끌고 적의 아가리 속으로 뛰어들다니.

부루스 단장은 계속해서 헬리온 백작을 불렀다. 그의 바람이 닿았을까. 헬리온 백작은 부루스 단장을 바라봤다. 둘의 눈이 마주쳤다.

헬리온 백작의 입술이 작게 우물거렸다.

─내 뒤를 부탁하네.

"미친 작자! 뭘 뒤를 부탁해! 영주가 돼서 그딴 소리는 하지 말라고!"

부루스 단장은 당장에라도 성벽을 뛰어넘어 헬리온 백작의 뒤를 쫓고 싶었지만 간신히 충동을 억눌렀다. 자신이 없으면 병사들을 누가 지휘한단 말인가. 어느 정도 능력을 갖춘 지휘관이 꽤 되지만, 수천 명이나 되는 병사를 지휘할 수 있는 자는 아직 없었다.

그까지 성에서 사라지면 병사들은 오합지졸이 되고 만다.

"활을 쏴라! 영주님을 보호해!"

부루스 단장은 미친 듯이 외쳤다. 정신이 번쩍 든 병사들은 헬리온 백작을 향해서 덤벼드는 바실리스크들의 머리 위로 쉴 새 없이 활시위를 당겼다.

동시에 헬리온 백작과 그의 기사단은 바실리스크 부대의 한복판으로 뛰어들었다.

　　　　*　　　　*　　　　*

　곤과 기사단은 빠르게 홀몬 산맥을 내려왔다. 수십 번도 넘게 몬스터의 습격이 있었지만, 이번에는 하급 기사들에게만 맡겨놓지 않았다. 상급 기사를 비롯한 전원이 빠르게 몬스터들을 처리했다.

　어느 정도 시간이 지나자 더 이상 몬스터의 습격은 없었다.

　아마도 곤과 기사단이 풍기는 특이한 살기 때문인 듯했다. 워낙 많은 몬스터를 죽였기에 가능한 일이었다. 그들을 멀리서 지켜보는 대부분의 몬스터들은 겁에 질려 있었다.

　"후욱, 정지."

　키스톤이 주먹을 쥐었다.

　거칠고 험한 산맥을 전력 질주하던 기사들이 멈췄다. 멈춘 그들은 거칠어진 호흡을 가다듬었다. 호흡이 멀쩡한 자는 곤과 카시어스, 데몬고르곤, 씽, 안드리안, 그리고 식신들뿐이었다.

　나머지는 금방이라도 토할 것처럼 숨을 헐떡였다. 그들은 48시간 동안 한숨도 자지 않고 달렸다. 중간에 휴식도 없었다. 그들은 달리면서 물을 마시고 음식물을 섭취해야 했다.

　지치지 않는 것이 오히려 이상했다.

　곤은 산 중턱에 있는 산채를 보았다. 대략 200~500명이

기거할 수 있는 상당한 크기의 산채였다. 건물만 하더라도 20채가 넘었다.

"키스톤."

"예, 마스터."

가장 선두에 서서 일행을 이끌던 키스톤이 곤을 돌아보았다.

"저 산채가 무엇인지 알고 있나?"

"아마도 라덴 왕국의 레인저들일 겁니다."

"이토록 위험한 홀몬 산맥 안에 레인저들이 기거한다고?"

곤은 고개를 갸웃거렸다.

레인저는 가볍게 말해서 정찰병이다. 물론 정찰뿐만이 아니라 다양한 능력이 있다. 그러나 대체로 주 임무는 정찰의 성격을 띠고 있었다.

레인저들은 발이 빠르고 암기를 잘 쓰며 몸을 잘 숨긴다. 하여 그들을 키우기 위해서는 상당한 돈이 들었다. 이렇듯 아무렇게나 레인저를 산맥 한가운데 투입하지는 않았다. 산맥 안에 내버려 둘 때는 오직 훈련 때문이었다.

"훈련 중일 겁니다. 그리고 저들이 있다는 것은……."

"있다는 것은?"

곤은 키스톤의 말을 반복했다.

"곧 라덴 왕국 국경이 나온다는 것입니다."

"그렇군."

곤은 고개를 끄덕였다. 키스톤에 말을 들은 기사들의 얼굴이 딱딱하게 굳었다. 홀몬 산맥을 넘는 것은 위험천만한 일이다. 조금만 방심을 해도 수많은 독충과 몬스터에게 목숨을 잃을 수도 있었다.

하지만 라덴 왕국의 국경을 넘는 것은 그보다 훨씬 위험한 일이었다.

지금은 전쟁 중.

적에게 사로잡히면 그냥 죽는 것으로 끝나지 않을 것이다.

"어떡할까요?"

키스톤이 물었다. 그가 묻는 의미는 지금쯤 곤히 자고 있을 레인저들을 어찌할 셈이냐는 것이다. 레인저를 상대하기는 상당히 껄끄럽다. 지금처럼 상대방이 무방비로 있을 때 모조리 해치운다면 꽤나 이득이 될 테지만 지금의 상황에서는 괜한 분란을 일으킬 소지가 있었다.

"그냥 지나친다."

"알겠습니다."

곤의 명령에 모두가 고개를 끄덕였다.

그들은 조심스럽게 산채 옆을 지나쳤다. 산채는 조용했다. 경계를 서는 레인저들을 빼고는 모두가 잠에 빠져 있는 듯했다.

인원수가 많기에 전원이 산채 옆을 지나치는 데는 상당한 시간이 걸렸다. 모두가 산채를 지나쳤을 무렵,

빠직―

누군가 발을 헛디뎌 작은 나뭇조각을 부러뜨리고 말았다.

"거기 누구냐!"

아무도 없는 산의 중턱. 몬스터조차 접근하지 않는 기괴한 산채. 너무도 조용해서 멀찌감치 떨어져 있는 사람의 숨소리조차 들릴 지경이다.

당연히 나뭇가지가 부러지는 소리를 귀가 밝은 레인저가 듣지 못했을 리 없었다. 레인저는 칼을 빼 들고 횃불을 비췄다.

"펑펑."

곤은 펑펑을 불렀다.

"짜잔! 주인이 필요할 때만 나타나는 펑펑입니다요."

펑펑은 날개를 펄럭이며 나타나 화가 난 표정으로 곤의 어깨에 앉았다.

"미안. 하지만 급하니까 부탁 좀 들어줘."

"네네네, 주인의 단전에 얹혀사는 주제에 말을 들어야지 내가 어쩌겠어요."

"그러지 말고. 상황은 너도 알 것 아니야."

"흥, 그래서 시킬 일이 뭔데?"

"산채에 몇 명이나 있는지 지금 당장 확인해 줘."

"알았어."

평평은 콧방귀를 뀌고는 산채로 날아갔다. 그사이 레인저가 조금씩 다가오고 있었다. 2백 명이나 되는 인원이다. 이들이 레인저의 눈에서 벗어날 수 있는 확률은 극히 낮았다.

다가오는 두 명의 레인저를 처리하는 일은 어렵지 않았다. 하지만 산채에 남아 있는 레인저들이 문제였다. 만약 숫자가 상당하다면 이쪽도 피해를 감수해야만 한다.

그렇기에 평평으로 하여금 적의 숫자를 파악하게 하려는 것이다. 숫자가 적다면 재빨리 모든 것을 잠재우기 위해서.

레인저들이 점점 다가온다. 그들과 곤이 있는 거리는 겨우 수십 미터에 지나지 않았다. 기사들은 바닥에 바짝 엎드린 채 숨을 참았다.

"거기 누구냐! 어서 나와!"

레인저들은 횃불을 이리저리 휘둘렀다. 횃불의 시야로는 아직까지 곤과 기사들을 발견하지 못했다.

그사이 평평이 날아왔다. 무엇을 봤는지 그녀의 얼굴은 핼쑥하게 굳어져 있었다.

"주인."

평평이 곤의 귀에 작게 속삭였다.

"레인저들이 몇 명이나 남았지?"

"산채 안에는 레인저가 없어."

"그럼?"

펑펑은 자신의 양팔을 부둥켜안고 부들부들 떨었다. 뭔가 잘못된 것 같았다.

"무시무시한 것이 있어. 안에는… 인간들은……."

"인간들은?"

"먹이야. 의식을 잃은 인간들이 하나둘씩 그것들의 먹이가 되고 있었어."

어지간해서 꿈쩍도 하지 않는 곤이 마른침을 삼켰다. 펑펑은 정령이지만 담력은 곤 못지않게 대담했다. 그런 그녀가 겁에 질려 있었다.

그렇다는 말은 산채를 건드려서는 안 된다. 설사 산채 안의 그 무엇을 처리한다고 하더라도 이쪽도 피해를 볼 것은 불 보듯 뻔한 일이었다.

"거기 누구야!"

레인저들이 조금 더 다가왔다.

제발 가라, 제발 가.

기사들은 식은땀을 흘리면서 신께 빌어야 했다.

"뭐지? 산짐승인가?"

레인저 중에 한 명이 고개를 갸웃거렸다.

"그럴 리가. 그것이 산채 안에 있어서 몬스터들은 접근도

하지 못할 텐데."

다른 레인저가 대답했다.

"작은 동물도 접근하지 못하나?"

"음, 그건 아닌 것 같군."

"그럼 토끼 같은 것일 수도 있겠네."

"하긴 그렇구만. 자, 돌아가자고. 괜히 놀랐네."

두 명의 레인저는 횃불을 몇 번 휙휙 휘두르고는 있던 자리로 돌아갔다.

"후욱."

레인저들이 제자리로 돌아가고서야 기사들은 작게 한숨을 내쉴 수가 있었다. 몇몇은 하도 숨을 오래 참아 얼굴이 시퍼렇게 변할 정도였다.

곤은 기사들을 향해서 손짓했다. 조심히 자리에서 벗어나라는 소리였다.

그들은 곤의 명령에 따라서 산 중턱을 기어서 내려왔다. 팔꿈치와 무릎 보호대가 없었더라면 상처가 심하게 났을 터였다.

산채에서 한참이나 떨어지고 난 후, 곤과 기사들은 자리에 털썩 주저앉을 수가 있었다.

"우와, 겁나라. 도대체 산채에 있던 것은 뭐지?"

카시어스는 몸서리를 쳤다. 그녀가 저런 반응을 보인 것은 처음이다. 데몬고르곤과 카시어스는 유아독존이다. 절대로 겁을 먹거나 누군가에게 고개를 숙이는 일 따위는 없었다.

"무엇인지 느꼈나?"

곤이 물었다.

비록 곤이 상급 재앙술사가 되어 무력은 강해졌지만, 아직 카시어스나 데몬고르곤보다 감각은 몇 수 아래였다. 저 정도의 감각을 가지려면 저들처럼 오래 사는 수밖에 없었다.

"나도 몰라."

카시어스는 고개를 흔들었다. 그녀는 곧바로 말을 이었다.

"아주 짧은 순간, 콤마 단위의 시간이었을 거야. 그 짧은 시간 동안 상상을 초월하는 살기를 느꼈어."

"얼마나 강한 살기이기에……."

"리치 킹보다 강해."

"리치 킹보다?"

"그래, 어쩌면 광전사 폭스겐이 살아 있다면 그 정도의 살기를 가졌을지도."

카시어스는 매우 놀랐다는 표정으로 온몸을 부르르 떨었다.

"임무에 성공을 하게 되면… 이곳을 피해서 산을 오르자."

곤은 말했다.

"당연하지. 재미있을 것 같아서 너를 따라다니지만 죽을 위험에 처하면 미련 없이 도망칠 거야, 나는. 그리고 데몬고르곤도."

카시어스는 고개를 끄덕였다. 그녀는 고개를 돌려 보이지 않는 산채를 바라봤다.

아직도 그녀의 등줄기에서는 차가워진 식은땀이 흘러내리고 있었다.

도대체 무엇일까. 전신을 옭아매는 듯한, 모든 것을 내려다보고 있는 듯한 그 느낌은.

아마도 산채 안에 들어가서 정체를 확인하지 않는 한 그것에 대해서는 알지 못할 것이다. 그리고 그것의 정체를 확인하는 순간, 800년을 살아온 진뱀파이어인 카시어스조차 죽임을 당할 확률이 극히 높았다.

아직은 호기심 때문에 죽고 싶은 생각은 없는 카시어스였다.

"가자고."

곤은 자리에서 일어났다. 모두가 호기심을 억누른 채 자리에서 일어나 곤의 뒤를 좇았다. 지금은 호기심보다 영지에 남은 가족들을 살리는 것이 먼저였다.

Chapter 10. 가족을 위하여

곤과 기사들은 라덴 왕국 국경에 들어섰다. 라덴 왕국인과 대륙인은 근본적으로 피부색이 달랐다. 종종 대륙인도 라덴 왕국민처럼 피부색이 검은 사람들이 있기는 하지만 많지는 않았다. 피부색이 다르다는 것은 그만큼 튄다는 것을 의미하기도 한다.

당연히 곤과 기사들은 라덴 왕국에 들어서는 순간부터 경계의 대상이 될 수밖에 없었다. 하지만 하늘이 도왔기 때문일까, 아니면 신의 뜻일까. 그것도 아니면 이렇게 진화를 해온 라덴 왕국의 문화 때문일까.

라덴 왕국의 모든 국민은 신의 뜻에 따라 남녀를 불문하고 히잡이라는 천으로 얼굴을 가렸다. 그들이 히잡을 벗을 때는 안식처에 들어갔을 때뿐이었다. 안식처는 집을 비롯하여 포괄적으로 건물 안을 뜻한다.

어쨌든 곤과 기사들은 그들의 문화 덕분에 히잡으로 얼굴을 가리고 이동할 수가 있었다.

2백 명이나 되는 상당한 인원이기에 이십 명씩 조를 나눠 반나절 차이로 이동했다.

홀몬 산맥의 국경으로부터 라덴 왕국의 수도인 성좌의 도시 하이든까지는 대략 열흘 정도의 시간이 걸린다.

곤과 안드리안은 나란히 걸었다. 둘 모두 히잡을 쓰고 있지만 눈빛만으로도 서로를 알아볼 수가 있었다.

"무척이나 황폐한 나라네."

이미 그들은 몇 개의 마을을 지나쳤다. 마을을 지나는 동안 아무도 그들을 제지하는 사람이 없었다. 심지어 병사들도 보이지 않았다. 대부분의 사람이 흔들의자에 앉아 지나치는 사람들을 우두커니 보고만 있었다.

나이든 사람이든 젊은 사람이든 모두가 마찬가지였다.

일행이 저토록 무기력한 이유를 짐작할 수가 있었다.

일단 이곳은 경작을 할 수 있는 땅이 너무 적었다. 거의 모든 땅이 황무지였다. 황무지를 개간하기 위해서는 꽤나 오랜 시간이 필요하다. 일이 년 가지고 해결할 수 있는 문제가 아니었다. 자갈과 바위를 걸러내고, 비료를 준 후 땅을 갈아엎어야 한다.

당연히 농민들의 식량은 영주들이 담당해야 했다. 하지만 오랜 내전으로 인해서 영주들은 농민들에게 식량을 배급할 수 있는 능력이 부족했다. 설사 식량이 있다고 하더라도 병사들에게 배급하지 농민들에게까지 나눠 주지는 않았다.

"헤즐러 자작의 영지는 이곳에 비하면 천국이군요."

안드리안의 말에 곤은 고개를 끄덕이며 대답했다. 모든 사람이 히잡을 쓰는 이유도 알 것 같았다. 비가 오지 않아 바닥은 퍼석한 흙으로 가득했다. 도로 상태도 좋지 않았고 걸을 때마다 먼지가 풀썩거려 코와 입으로 들어갔다.

아이들은 어디나 활기차다. 비록 먹을 것이 부족하고 척박한 곳이라 하더라도 아이들은 끼리끼리 모여서 마음껏 뛰어놀고 있었다. 오랜 내전을 겪은 나라답게 아이들은 대부분 전쟁놀이를 하고 있었다. 그러다 쥐라도 한 마리 지나치면 그것을 잡기 위해서 사력을 다해서 짧은 다리로 쫓았다.

쥐를 잡으면 한 끼 식사는 해결되는 셈이니까.

그렇게 곤과 기사들은 어려움 없이 라덴 왕국의 수도인 성좌의 도시 하이든에 도달할 수가 있었다. 몇몇 위성도시가 나타났지만 일부러 돌아서 갔다. 마법 가방 안에 어지간한 물건은 모두 들어 있기에 식료품을 보급하기 위해서 위험을 감수하고 위성도시에 들를 필요는 없었다.

"도주로를 파악하기가 만만치 않네."

라덴 왕국의 수도, 성좌의 도시 하이든의 거대한 성문을 보며 안드리안이 중얼거렸다. 그도 그럴 것이, 이곳까지 오는 동안 푸른 산은 한 번도 보지 못했다. 대부분이 낮은 능선 아니면 사막, 혹은 절벽으로만 이뤄진 기암 지대가 다였다. 사람이 살기도, 피하기도 무척이나 어려워 보였다.

유일하게 몸을 피할 수 있는 곳은 기암 지대라고 할 수 있는데, 그곳은 음기가 강해서 사람이 오랜 시간 머물 수가 없었다.

"그렇군요. 임무에 성공을 하더라도 상당수가 도주하는 와중에 피해를 입을 수가 있겠어요."

안드리안의 말에 곤은 동의했다. 라덴 왕국에 대해서 사전 정보를 키스톤에게 들었지만, 직접 보는 것과 듣는 것은 차원이 달랐다.

생각보다 훨씬 척박하고 숨이 막히는 곳이었다. 왜 라덴 왕국의 숙원이 대륙 진출인지 확실하게 느꼈다.

"마스터, 라덴 왕국의 국민들은 온순한 편입니다. 내전으로 시달린 탓인지 먼저 시비를 거는 일도 없고요. 종교 때문에 술도 금지되어 있습니다. 그러니 조용히만 성내로 진입하면 일단 큰 문제는 없으리라 생각됩니다."

키스톤의 말에 곤은 고개를 끄덕였다.

"고맙네."

곤은 진심을 담아 말했다. 그의 눈과 귀는 키스톤과 슈테이, 그리고 그들이 담당하는 정보 조직이었다. 리치 킹의 유물에서 엄청난 자금을 확보하여 정보 조직을 만들라면서 그들에게 물심양면으로 지원했다. 그들이 어디다 돈을 쓰는지는 모르지만 곤은 신경 쓰지 않았다.

키스톤과 슈테이라면 믿을 수 있다고 판단을 했기 때문이다.

사실 아직도 사라지지 않는 의문이 하나 남아 있기는 했다. 바로 키스톤과 슈테이가 본래 속해 있던 조직에 대해서이다. 그들이 누군지 모르지만 이유를 불문하고 자신을 돕고 있다. 몇 번이나 그들에 대해서 물었지만 키스톤은 빙그레 웃을 뿐 '아직 때가 아닌 것 같습니다'라는 말만 반복할 뿐이었다.

도대체 키스톤과 슈테이의 배경인 길드는 정체가 무엇이란 말인가.

궁금했지만 그들이 가르쳐 줄 것 같지는 않았다.

"가자고. 시간은 우리 편이 아니잖아."

곤은 성좌의 도시 하이든의 거대한 성문을 향해서 걸었다.

거대한 성문 앞에는 긴 인파와 마차의 행렬이 이어지고 있었다. 대부분이 가난을 피해서 도시로 밀려든 것이다. 지방은 워낙 가난하여 먹고살 곳을 찾아서 뜨내기처럼 이동한 것이다.

그것을 반영하듯 도시로 들어서려는 사람들의 얼굴에서는 생기가 하나도 보이지 않았다. 모두가 지쳐서 금방이라도 쓰러질 것만 같았다. 그들에게 마지막 희망은 신에게 선택받은 도시인 하이든뿐이었다.

이곳에는 라덴 왕국에서 가장 거대한 오아시스가 있었다. 사실 오아시스라기보다는 호수에 가까웠다. 동시에 수십만 명이 물을 마셔도 조금도 사라지지 않을, 신의 은총이라 불리는 거대한 호수.

사람들은 마지막 희망을 찾아서 이곳까지 흘러들었다.

사람들은 신의 은총이 있는 성좌의 도시를 다른 이름으로 천년도시라고도 했다.

곤은 히잡을 눌러쓰고 차례가 되기를 기다렸다. 키스톤에게 이미 얼마 정도의 돈을 받아놓은 상태이다. 경비병들이 신원을 검사하면 반드시 그들에게 건네줘야 할 돈이었다.

키스톤에 말에 따르면 돈을 건네지 못하거나 신분이 낮아 보이는 사람들은 낙인이 찍힌다고 하였다. 그들은 천년도시의 어두운 면이라 할 수 있는 좀비 거리로 내몰리게 된다.

좀비 거리는 슬럼가였다.

빈민들이 몰려서 사는 그곳은 천년도시에서 가장 위험한

곳이기도 했다.

강간, 살인, 인체 수집 등 세상의 모든 어두운 면이 존재하는 곳.

인구수는 집계가 되지 않는다고 한다. 단지 한번 그곳에 들어간 사람은 다시 나올 수가 없다는 것만이 알려져 있을 뿐이었다.

경비병들에게 돈을 주면 일반인이 갈 수 있는 거리로 안내하고 그렇지 않은 자들에게는 좀비 거리로 가는 길을 내어주는 것이다.

"통과."

경비병들은 안드리안과 키스톤, 기사들을 하나둘씩 성문 안으로 통과시켰다. 모두가 약간의 돈을 경비병들의 손에 쥐어주었다.

곤의 차례가 왔다.

"어디서 왔나?"

경비병이 물었다.

"왓포드에서 왔소."

곤은 미리 언질이 되어 있는 대로 대답했다.

"왓포드? 꽤 멀리서도 왔군. 그래, 무슨 일로 왔나?"

경비병은 다시 물었다. 여기서 대답을 잘해야 한다. 대충 얼버무리면서 그의 손에 돈주머니를 쥐어주면 된다. 겨우 2골드. 2골드면 천년도시에 들어갈 수 있는 입장권을 받게 되는 것이다.

경비병도 이런 일을 많이 해서인지 상대방이 어떻게 나올지 예상하고 있었다. 그는 다른 사람들이 보이지 않게끔 한 손을 내밀었다. 손바닥에 돈주머니를 올려다 놓으라는 의미다.

곤은 돈주머니를 그의 손에 올려놓으려고 했다.

그러려는 찰나, 곤은 본능적으로 이것이 아니라는 느낌을 받았다. 이러면 안 되지만, 좀비 거리를 가봐야 한다는 이끌림. 곤은 돈주머니가 든 손을 거둬들였다.

경비병의 눈빛이 살벌하게 변했다. 그는 두 갈래 길 중에서 동료들이 간 곳과 다른 방향을 가리키며 '들어가시오' 라고 사납게 소리쳤다.

"뭐, 뭐야, 곤? 왜 그리로 가는 거야!"

놀란 안드리안이 외쳤다. 다른 동료들도 놀라기는 마찬가지였다. 모두의 얼굴이 딱딱하게 굳었다. 그들의 핵심 인물은 곤이다. 다른 인물이 모두 사라져도 곤만큼은 멀쩡해야 했다.

그런 곤이 다른 길로 가게 생겼다. 그것도 악명이 높은 좀비 거리로. 이 사태에 놀라지 않을 동료는 없었다.

"먼저들 가 있어. 둘러보고 찾아갈게."

곤은 부드럽게 미소를 지으며 일행에게 말했다.

"야, 인마! 그게 지금 할 소리야? 우리가 맡은……."

안드리안은 급히 입을 다물었다. 하마터면 중요한 임무를 자신도 모르게 발설할 뻔했다. 조금 위험했다.

"언제까지 올 건데?"

안드리안이 다시 소리쳤다.

"오늘 밤까지는……."

"약속 지켜!"

"알겠어요."

곤은 고개를 끄덕였다.

그렇게 곤은 일행과 헤어졌다. 곤은 화려하지도, 그렇다고 번화하지도 않은 거리를 걸었다. 성좌의 도시로 향한 꽤 많은 사람들이 아무것도 모른 채 곤이 걷고 있는 거리를 걷고 있었다.

길은 무척이나 길었다. 그가 어디를 걷고 있는지는 전혀 알 수가 없었다. 양쪽 길가는 높은 나무 담으로 되어 있어서 밖을 볼 수가 없었다.

느끼는 것은 담벼락 너머로 풍기는 심한 악취와 얇은 나무 판 사이로 보이는 수많은 눈동자.

곤은 그 눈동자들과 마주치자 역겨운 느낌이 들었다.

곤은 계속해서 걸었다. 길의 끝에 다다르자 세 갈래로 나눠 졌다. 아직 어디가 어딘지 분간이 가지 않아 어디로 가야 할지 확신이 서지 않았다.

"얍!"

갑자기 옆에서 누군가 불쑥 나타나 손바닥에 침을 뱉고는 손가락으로 탁 하고 쳤다. 침은 정면으로 튀어나갔다.

"정면으로 가자."

많이 듣던 목소리.

"카시어스, 여기서 뭐하는 거야?"

"뭐하긴, 애를 물가에 내놓은 심정이라서 말이야. 애를 돌보기 위해서 따라왔지."

카시어스는 곤을 보며 싱긋 웃었다. 그녀는 곤의 뒤편에 서 있었다. 곤이 심경의 변화를 일으키고 경비병에게 돈을 주지 않는 것도 보았다. 그녀는 주저 없이 곤의 뒤를 좇았다. 데몬고르곤 역시 마찬가지였다.

일행 중 가장 강력한 조합인 카시어스와 데몬고르곤이 곤과 합류한 것이다.

물론 다른 일행도 만만치 않았다. 어중간한 싸움에서 그들이 당할 것이라고는 여기지 않는다. 씽이 있고, 안드리안이 있고, 나날이 강력해지고 있는 식신들도 있으니까.

"좀비 거리라. 누가 지었는지 흥미가 가는 작명이야. 얼마나 추악한 거리인지 한번 구경이나 가자고."

카시어스는 앞장서서 거리를 걷기 시작했다. 목소리로 젊은 여자인 것을 알았는지 담장 너머의 눈동자들이 수군거리기 시작했다. 눈동자는 카시어스의 뒷모습을 좇았다.

카시어스는 개의치 않고 당당하게 걸었다. 그녀의 뒷모습을 보며 곤은 피식 웃고 말았다. 어이가 없을 정도로 튀는 여자지만, 한편으로는 그녀가 존재한다는 것만으로도 믿음이 갔다.

그것은 데몬고르곤도 마찬가지. 이들과 같이 있으면 상대가 누구라도 지지 않을 것만 같았다.

*　　　*　　　*

탕!

부루스 단장은 탁자를 양손으로 강하게 내려쳤다. 얼마나 세게 내려쳤는지 탁자가 반으로 쪼개지며 위에 놓여 있던 찻잔이 모조리 엎어졌다.

차는 몇몇 지휘관에게 떨어져 바지를 적셨지만, 그들은 아무런 말도 하지 않았다.

부루스 단장이 왜 불같이 화를 내는지 알고 있기 때문이다.

"아, 거참, 화 좀 풀라고, 친구. 어쨌든 결과는 대성공이었잖아."

헬리온 백작은 질렸다는 듯이 양 손바닥을 저으며 부루스 단장에게 말했다.

"영주님, 지금 그걸 말씀이라고 하십니까? 마지막 히든카드인 섬광의 기사단이 전멸을 당할 뻔했습니다! 더군다나 영주님조차 죽임을 당할 뻔했다고요! 도대체 영주로서 자각은 있는 겁니까? 영주님이 죽으면 '나 먼저 갈게. 미안, 뒤를 부탁해'라고 한마디 하면 끝나는 줄 아십니까? 영지 내의 수많은 영지민은 어쩔 겁니까?"

"헤즐러 자작이 있잖아."

헬리온 백작은 뒷머리를 긁적거렸다.

"영주님, 지금 그걸 말이라고 하십니까?"

부루스 단장의 음성이 더욱 높아졌다. 화가 머리끝까지 치밀어 올랐지만 억지로 참는 모습이다. 그의 말대로 결과가 좋아서 다행이지 하마터면 헬리온 백작군의 가장 중요한 인물과 기사단을 잃을 뻔했다.

그는 어제 일을 떠올리자 간담이 서늘해졌다.

캄렌이 떨어뜨린 메테오의 영향은 엄청나게 컸다. 양군 모두 어마어마한 위력에 입을 다물지 못했다. 폭발에 여파를 감당하느라 모두가 일순간 멈추고 말았다. 그 틈새를 놓치지 않고 헬리온 백작은 기사단을 이끌고 성문을 나섰다.

아무도 예상하지 못한 전개였다.

가장 최측근이라 할 수 있는 부루스 단장조차 예상하지 못했는데 누가 상상할 수 있었을까.

당연히 적들도 갑작스러운 기사단의 출현에 기겁하고 말았다. 이제까지 승승장구해 오던, 엄청난 위력을 발휘하던 바실리스크 부대가 폭풍처럼 몰아친 헬리온 백작과 기사단에 의해 상당한 타격을 입고 패퇴할 수밖에 없었다.

그렇게 그날의 전투는 날이 저물었다. 양쪽 군 모두 엄청난 사상자를 남긴 채.

어쨌든 헬리온 백작은 하루의 시간을 더 벌 수 있게 되었다.

"마법사들은 어찌 되었나?"

대화 내용을 돌리기 위해서 헬리온 백작은 고개를 돌려 코렌을 바라봤다. 코렌은 회의장에 들어오기 전부터 표정이 좋지 않았다. 아직 모든 보고를 받지 않은 헬리온 백작은 어떤 사태가 벌어졌는지 알지 못했다. 전장에 나가 있던 그가 알고 있는 것은 딱 하나였다. 캄렌이 엄청난 위력의 마법을 발휘하여 시간을 끌어주었고, 그것으로 인해서 적을 물러나게 할 수 있었다는 것.

"론 사제를 빼고는 전원 사망했습니다."

코렌은 양손을 꼭 쥐고 어금니를 깨물었다. 그의 말에 회의장은 일순간 얼음처럼 굳어버렸다.

헬리온 백작이 스승처럼 따르는 이가 린다맨이다. 그의 제자들 역시 린다맨을 닮아 성품이 올바르고 대쪽 같은 성격을 지니고 있었다.

그렇기에 헬리온 백작을 비롯하여 모든 귀족과 지휘관들은 그들을 존중했다.

그런데 헬리온 백작 가문을 지탱할 마법사들이 두 명을 빼고는 모조리 죽다니 믿을 수가 없는 일이었다.

"유감이오."

헬리온 백작은 무거운 어조로 말했다. 그가 할 수 있는 말은 그것밖에 없었다. 어떤 말도 코렌에게는 위로가 될 수 없을 테니까.

분위기는 침체된 채 회의는 계속되었다.

결론적으로 이십 일 가까이 버틴 것은 기적이라고 할 수 있었다. 덕분에 왕국의 수도에서는 만반의 준비를 갖췄다고 전해졌다.

세 명의 투신과 15만 대군이 진세를 형성했다고 한다. 국경을 지키는 전선의 군단들을 빼고는 왕국이 소집할 수 있는 모든 병사들을 끌어모은 셈이다.

전국 대연합.

제국과의 전쟁을 빼고서는 단 한 번도 이뤄진 적이 없는 영주들과 중앙정권이 외적을 물리치기 위해서 힘을 합친 것이다.

평상시에는 서로가 으르렁거릴지 몰라도 이때만큼은 일사불란하게 왕의 명령을 받는다. 아무리 서로가 싫다고 할지라도 나라가 없으면 자신들의 권력 역시 없다는 것을 아는 것이다.

전국 대연합이 이뤄지면 영주들의 피해는 꽤 커진다. 급속하게 중앙집권이 형성되어 영주들의 힘이 약화된다. 그러나 어쩔 수가 없었다. 강대한 적을 두고서 서로 싸울 수는 없는 노릇이니까.

문제는 헬리온 백작이었다.

누구도 그를 도우러 가지 못한다. 이미 중앙정권에서는 그의 죽음을 기정사실화하고 있었다. 장렬하게 산화한 투신 스트롱 공작처럼.

하지만 헬리온 공작과 지휘관들은 아직 포기하지 않았다. 적의 공세가 강력하지만 아직까지 잘 버티고 있지 않았는가.

조금만, 조금만 더 버티면…… 실낱같은 희망이 남아 있었다.

"곤에게서 연락은?"

절망적인 상황. 병사들의 숫자도 반 이하로 줄었다. 아직 적은 2만 명 이상이 남아 있었다. 아군이 불리한 것은 변하지 않았다.

하지만 곤이 남아 있기에 헬리온 백작과 지휘관들은 버틸

수가 있었다. 물론 그가 실패한다면 헬리온 백작 역시 지금의
상황을 포기할 수밖에 없을 것이다. 그와 기사, 병사들은 적
에 맞서 결사 항전을 각오했다.

"스승님께서 적국의 수도에 무사히 도착했다고 연락이 왔
습니다."

코렌이 대답했다.

"언제쯤 계획이 실행될 것 같은가?"

가장 중요한 문제였다. 계획이 실행되면 겨우 몇 시간 만에
모든 것이 결판난다. 헬리온 백작 영지의 운명이 달린 시간이
기도 했다.

"곧이라고 전해왔습니다."

"곧이라……."

헬리온 백작은 길게 자란 수염을 쓰다듬었다.

라덴 왕국은 베일에 가려진 국가다. 왕국 전체를 흘몬 산맥
이 감싸고 있어 왕래 자체가 쉽지 않았다. 몇몇 국가가 해상
을 이용해 그 나라와 상거래를 했지만, 그리 많은 양은 아닌
듯했다.

정보가 거의 없는 곳, 범의 아가리 속으로 곤은 기사들을
이끌고 맨몸으로 머리를 집어넣은 것이다. 난이도 SS급의 임
무였다.

아무리 곤이라고 하더라도 임무를 완수할 가능성은 10퍼

센트가 채 되지 않았다.

"우리가 할 수 있는 일은… 그들을 믿는 것뿐이군."

헬리온 백작의 말에 지휘관들은 무력감을 느꼈다. 주군의 말대로 그들이 할 수 있는 일은 곧 일행이 무사히 임무를 마치기를 신께 기도하는 것뿐이었다.

*　　　*　　　*

"와아아아! 막아라! 절대로 성벽 위로 올라오게 하지 마!"

"죽여! 가족을 위해서 목숨을 버려라!"

지휘관들은 악에 받쳐 소리쳤다. 모두의 눈이 충혈되어 있다. 한 달이 넘게 계속된 공성전으로 인해 제대로 잠을 잔 기사와 병사가 없었다. 워낙 병사들의 숫자가 모자라 전원이 쪽잠을 자며 적들의 동태를 파악해야만 했다.

해가 밝아도, 해가 져도 긴장을 늦출 수 없는 상황이었다.

전투는 계속해서 이어졌다.

그러나 적들은 초반처럼 거세게 공격해 오지는 않았다. 바실리스크 부대도, 빅 엘러펀트 부대도 투입되지 않았다. 소모전이었다.

아마도 캄렌의 대규모 폭격 마법을 두려워하는 듯했다. 딱 한 번 나선 캄렌의 존재감은 엄청났다. 정찰병에 의하면 빅 엘러펀트 부대의 반 이상이 날아갔다고 한다. 적들의 입장에서는 부대를 한곳에 집결시킬 수가 없었다. 그것의 한 예로 적의 본대 역시 3킬로미터 이상 뒤로 물러났다. 캄렌의 마법을 두려워하는 것이다.

물론 캄렌은 아직 회복하지 못했다. 아무리 전설급의 마법 스태프를 가지고 있다고 하지만 그는 본래 2서클 마법사였다.

너무도 급속도로 강해졌다. 그의 육체는 메테오를 쓸 수 있을 만큼 단련되지 않았다. 절체절명의 상황에서 어쩔 수 없는 일이지만 완전하게 회복되지 못한 지금 그와 같은 마법을 사용한다면 그의 육체는 마나의 뒤틀림을 이기지 못하고 폐인이 되고 말 것이다.

어쨌든 현재 간신히 적의 공세를 막아내고는 있지만 못 막을 수준은 아니었다.

소모전을 펼친다면 차라리 반가웠다. 이쪽에서도 기대하고 있는 마지막 한 수가 있으니까. 소모전으로 인해서 그 한 수를 준비하는 시간을 벌 수가 있었다.

"해가 지는군."

헬리온 백작은 붉게 물들고 있는 노을을 보았다. 저토록 아름다운 노을이지만, 많은 사람들은 핏빛으로 느끼고 있을 듯했다.

해가 지면 적들도 물러간다. 밤이 되면 전투를 벌일 수가 없었다. 물론 작정하고 벌이면 벌이지 못할 것도 없었지만, 야간 전투는 아군이든 적군이든 이득보다는 실이 많았다.

"와아아아아아! 죽여라! 죽여!"

오전부터 이어진 함성 소리는 조금씩 줄어들었다. 아군도 적군도 이 시간이 되면 전투가 멈춘다는 것을 알고 있었다. 적군은 지휘관들의 눈치를 보며 물러설 준비를 했다. 어차피 성을 넘을 수 없다면 악착같이 성벽에 달라붙어서 목숨을 내버릴 필요는 없었다.

그런데 이상하게도 해가 거의 지고 있는 상황에서도 라덴 왕국의 지휘관들은 병사들을 물릴 생각을 하지 않았다.

"뭐지?"

부루스 단장은 의아함을 느꼈다. 해가 질 시간이 30분도 남지 않았다. 해가 진 상태에서 공성전을 벌이는 것은 공격하는 쪽이 압도적으로 불리했다.

한마디로 미친 짓이라고 할 수 있었다. 라덴 왕국군의 지휘관들 역시 그것을 모르지 않을 터이다. 오랜 내전으로 인해서 전투의 귀신들이 된 그들이라면 더더욱.

"놀랐네. 왜 안 물러가나 했네."

거의 해가 졌을 무렵 라덴 왕국군이 뒤로 물러났다. 그제야 생존한 병사들은 길게 한숨을 내쉬었다. 그들 역시 꽤나 마음을 줄이고 있던 모양이다.

적들이 물러났다고 해서 휴식을 취할 수 있는 것은 아니었다.

성벽 밖으로 쏴댄 화살을 일단 수거해야 했다. 화살은 반드시 필요한 소모품이었다. 그것이 없으면 솜씨 좋은 궁병들은 무용지물이 된다. 저격수 또한 마찬가지였다.

시체도 한쪽으로 치워야 한다. 성벽 밑에서 죽은 시체를 그대로 내버려 두면 온갖 벌레가 꼬이게 된다. 벌레만 꼬이는 것이 아니라 전염병이 창궐한 위험이 있었다. 더군다나 시체를 타고 성벽을 올라올 가능성도 적지 않았다.

시체들을 처리하고 나서 저녁을 먹어야만 그마나 쉴 수가 있었다. 그나마 다행인 것은 부상자들은 여인들이 돌본다는 것이다.

이곳이 성이 아니었다면 병사들을 따로 추려내어 부상자들을 밤새껏 간호해야 한다.

"하아, 죽겠다. 정말 전쟁이라는 것, 너무 싫다."

상당수의 병사가 그대로 주저앉았다. 기사들도 지치기는 마찬가지였다. 기사들은 병사들보다 몇 배나 힘든 전투를 치렀다. 병사들이 사망하여 빈자리가 생기면 기사들이 이리저리 뛰어다니며 그들의 빈자리를 메웠기 때문이다.

하여 기사들은 병사들처럼 주저앉지는 않았지만 성벽에

기댄 채 거친 숨을 몰아쉬었다.

절대로 끝나지 않을 것 같은 하루가 드디어 끝났다.

"저, 저기?"

병사 중에 한 명이 다급하게 성벽 밖을 가리켰다. 사람들이 그의 손가락을 좇아서 성벽 밖을 바라봤다.

모두의 몸이 딱딱하게 굳었다. 그들의 시선 끝에는 믿을 수가 없게도 물러났던 적들이 전열을 재정비하여 성을 향해서 몰려들고 있었다.

보병만 몰려오는 것이 아니었다.

바실리스크 부대도,

빅 엘리펀트 부대도 한꺼번에 공격해 오고 있었다.

총공격이었다.

"이, 이런 미친. 야간 전투를 벌이자는 말인가?"

지휘관들은 어이가 없었다. '도대체 왜?' 라는 의문이 그들의 머릿속에 떠올랐다.

그들의 상식으로는 도저히 용납이 되지 않았다.

도대체 왜?

"전원 전투 준비를 서둘러라! 성벽 밑으로 내려간 병사들은 모두 올라와! 서둘러!"

넋을 놓고 있을 때가 아니었다. 정신이 번쩍 든 기사들은 멍하니 성벽 밖을 바라보고 있는 병사들에게 소리쳤다. 해가 거의 졌지만 아직 시야를 분간하지 못할 정도는 아니었다. 소수의 적이라도 성벽을 넘는다면 큰 낭패를 볼 수도 있었다.

그제야 병사들도 정신이 돌아왔다. 그들은 얼마 남지 않은 화살을 모아서 활시위에 걸었다.

둥둥둥둥!

성안에서 북소리와 풀피리 소리가 다급하게 울렸다. 가족에게 돌아가려던 몇몇 병사들은 급하게 갑주를 걸린 채 성벽으로 뛰어올라 왔다.

사람들은 두려운 눈빛으로 어두워지는 하늘을 바라보고 있었다. 아이들은 제발 아버지가 무사히 돌아오기만을 기도했다.

"도대체 무슨 수작이냐, 라덴 왕국 놈들!"

헬리온 백작은 성벽 위에서 물밀 듯이 밀려오는 적들을 바라보았다. 도무지 지금 이 상황에 공격해 오는 이유를 알 수가 없었다.

그것은 다른 지휘관도 마찬가지였다.

"놈들은 도대체 무슨 생각이더냐! 왜?"

그 이유는 곧 밝혀졌다.

"으아아악! 적들이다! 적들이 나타났다."

"사, 사람 살려! 도와주세요!"

비명은 성벽 안쪽에서 들렸다.

헬리온 백작은 급히 등을 돌려서 비명이 들리는 곳을 바라봤다.

놀랍게도 1천 명에 달하는 다크 나이트 부대가 땅굴 속에서 기어 나오고 있었던 것이다.

검은 갑주로 중무장한 카이로 공작의 최후의 병기인 다크 나이트 부대가 지금까지 숨을 죽이고 이 순간을 기다려 온 것이다.

아내와 자식들이 마구잡이로 학살당하는 모습을 본 병사들은 그 자리에 주저앉고 말았다.

"다, 당했다."

그것은 헬리온 백작 역시 마찬가지였다.

왜 놈들이 총공격을 감행했는지 대번에 알아차렸다.

적군이 지금껏 소모전을 계속한 이유가 바로 이것이었다. 어처구니가 없게도 적들은 성내까지 굴을 파고 있었던 것이다.

안쪽에서는 1천 명에 달하는 다크 나이트 부대, 밖에서는 2만에 가까운 적이 성벽을 넘기 위해서 해일처럼 밀려오고 있었다.

"곤, 아무래도 우리는 여기까지일 듯싶네."

헬리온 백작은 주먹을 으스러져라 움켜쥐며 어두워지는

하늘을 바라보았다.

앞을 보아도 뒤를 보아도 온통 적군만이 가득했다.

상황은 사상 최악의 절망으로 치닫고 있었다.

『마도신화전기』 10권에 계속…

가프 장편 소설

관상왕의 1번룸

FUSION FANTASTIC STORY

거대한 도시의 그늘에서 벌어지는
짜릿하고 통쾌한 이야기!

『관상왕의 1번룸』

텐프로의 진상 처리 담당, 홍 부장.
절망적인 삶의 끝에서 만난 남국의 바다는
그를 새로운 인생으로 인도하는데……

쾌락을 원하는 거부, 성공에 목마른 사업가,
그리고 실패로 절망한 사람들이여.

여기, 관상왕의 1번룸으로 오라!

Book Publishing CHUNGEORAM

유행이 아닌 자유추구 -
WWW.chungeoram.com

가프 장편 소설

관상왕의
1번룸

FUSION FANTASTIC STORY

거대한 도시의 그늘에서 벌어지는
짜릿하고 통쾌한 이야기!

『관상왕의 1번룸』

텐프로의 진상 처리 담당, 홍 부장.
절망적인 삶의 끝에서 만난 남국의 바다는
그를 새로운 인생으로 인도하는데…….

쾌락을 원하는 거부, 성공에 목마른 사업가,
그리고 실패로 절망한 사람들이여.

여기, 관상왕의 1번룸으로 오라!

Book Publishing CHUNGEORAM

유행이 아닌 자유추구 -
WWW. chungeoram.com

현대 소환술사

THE MODERN SUMMONER

FUSION FANTASTIC STORY

현윤 퓨전 판타지 소설

하늘이 무너져도 솟아날 구멍은 있다!

드래곤의 실험으로 모진 고난을 겪어야 했던 레비로스!
우여곡절 끝에 소환술사가 되어 최강의 자리에 오르지만
운명은 그를 나락으로 떨어뜨린다.

『현대 소환술사』

다시 한 번 주어진 삶!
그러나 그마저도 암울하기 그지없는데……

소환술사 레비로스의
인생 역전이 시작된다!

Book Publishing CHUNGEORAM